AF175402

~ für Daniela ~

Michael Gisser

1721

Novelle

Bibliografische Information der Deutschen
Nationalbibliothek:
Die Deutsche Nationalbibliothek verzeichnet diese
Publikation in der Deutschen Nationalbibliografie;
detaillierte bibliografische Daten sind im Internet über
http://dnb.dnb.de abrufbar.

© 2022 Michael Gisser

Coverfotos: Sandra Hofstätter

Herstellung und Verlag: BoD – Books on Demand,
Norderstedt

ISBN: 978-3-7557-7638-3

Kapitel eins

Mit einem Rascheln verschwand die Bananenschale in den Büschen des kleinen Wäldchens und ein bitteres Lächeln flog über Martins Gesicht.

«Mann, wäre sie sauer gewesen», dachte er sich. Immer war sie sauer gewesen, wenn es um ihre heißgeliebte Natur ging. Keine Tiere essen, keine Tierversuche, keine Milch, kein Käse - nichts. Und damit nicht genug - auch er sollte darauf verzichten. Wie oft hatten sie sich diesbezüglich gestritten. Dabei war er ja gar nicht abgeneigt, die Natur zu schützen. Er trennte seinen Müll, ließ das Wasser nicht unnötig laufen und kaufte sogar Recycling-Toilettenpapier, obwohl das höllisch kratzte. Aber Karin war in diesem Punkt an Fanatismus kaum zu überbieten. Bei der letzten Bananenschale, die er in die Büsche gepfeffert hatte, hatte sie ihm genervt erklärt, dass sich so eine Schale eben nicht schnell abbaute, sondern fast ein Jahr lang in der Natur lag. Sie hatte nicht aufgehört zu lamentieren, bis er die gelbe Schale letztendlich aufgeklaubt und in seinen Rucksack, der natürlich aus Baumwolle sein musste, verstaut hatte.

Und nun war sie weg - einfach so.

«Es ist nicht das, was ich mir für mein Leben vorstelle», hatte sie erklärt und war gegangen.

Martin hatte bald herausgefunden, dass das, was sich Karin für ihr Leben vorgestellt hatte, Arne hieß, Martin um einen Kopf überragte und Basketball spielte. Beim Gedanken daran presste Martin wütend die Zähne zusammen. Wütend war er auch noch gewesen, als seine alte Freundin Jasmin, mit der er ab und zu telefonierte, ihm geraten hatte, einfach mal wegzufahren. Einfach irgendwohin zu fahren, um all das Schlechte hinter sich zu lassen. Immerhin sei er schon siebenundzwanzig und es sei wichtig, nach vorne zu schauen, hatte sie gemeint.

«Man lebt nicht ewig und wenn man nicht aufpasst, ist man auf einmal alt, ohne es zu merken.»

Bei dem Gedanken an ihre belehrenden Worte verdrehte er innerlich die Augen - aber sie hatte ja Recht. Es war wirklich wichtig, nach der Trennung nach vorne zu schauen.

Und so stieg er vor ein paar Tagen in Stuttgart in den Zug und fuhr ins bayerische Örtchen Vreching - ein langweiliger, stereotyper Ort mit Geranien vor den Fenstern eines jeden Hauses. Aber hier ging er nun einmal los, der Meditationsweg «Sich Finden». Über sechs Tage sollte man ihn entlang wandern können und jeden Abend kam man an einen Ort, in dem ein Gasthaus betrieben wurde, um die Wanderer zu bewirten und zu beherbergen. Man nannte ihn wohl auch den «Vrechinger Jakobsweg», was Martin ziemlich anmaßend fand - aber immerhin hatte es gewirkt. Er war schließlich hier. Auf der Ersten von sechs Etappen.

Nur das Nötigste hatte er mitgenommen. Geld, Wechselkleidung und Verpflegung für einen Tag, bis er in Tannenhofen, dem Zielort der ersten Etappe, seine Vorräte auffüllen konnte. Nicht einmal ein Handy hatte er dabei. Er hätte es doch nur genutzt, um Karin hinterher zu spionieren und das wollte er ja gerade nicht tun.

Den ganzen Tag war er gewandert, hatte Wiesen und Wälder passiert, Kühe gestreichelt, ein Eichhörnchen beobachtet und sich nun schließlich, da die Nachmittagssonne heiß vom Himmel brannte, in diesem kleinen Wäldchen hier an einen winzigen Bach gesetzt, um sich auszuruhen. Tja - und eben, um diese Banane zu essen, deren Schale nun im Gebüsch verrotten würde - sehr langsam verrotten würde.

Martin überlegte, ob er noch warten sollte, bis ihn die beiden Damen mittleren Alters mit ihren Nordic Walking Stöcken überholen würden, die er wiederum vor etwas mehr als einer Dreiviertelstunde überholt hatte. Martin graute es davor, das *Tock-tock* der Stöcke gepaart mit dem unentwegten Gerede der Damen über Sternzeichen noch einmal hören zu müssen und so packte er seine Sachen, um die letzten zehn Kilometer zurückzulegen und marschierte los.

Bald würde das kleine Wäldchen enden und die Sonne wieder auf ihn herab brennen. Zumindest dachte er das, denn irgendwie dauerte dies länger als er angenommen hatte - viel länger. Der Weg beschrieb eine Biegung nach der anderen, aber der Wald wollte nicht enden. Irritiert blieb Martin stehen. Das konnte eigentlich nicht sein. Das Wäldchen war maximal fünfhundert Meter im Durchmesser gewesen und er hatte nun schon mindestens zwei Kilometer zurückgelegt, seitdem er den Bach überquert hatte. Zugegeben, der Weg war nun um einiges schlechter als vor seiner Pause, so dass ihm die Strecke vielleicht länger vorkam als sie es tatsächlich gewesen war. Aber dass er sich so verschätzte, erschien ihm seltsam.

War er nach seiner Pause in die falsche Richtung gegangen? Aber nein, dann wäre er ja erst recht schon wieder aus dem Wald herausgekommen. Der Bach war keine fünf Minuten vom Saum des Waldes entfernt gewesen.

Was nun? Er beschloss nun doch, auf die beiden Damen mit den Sternzeichen zu warten - weit hinter ihm konnten sie ja nicht sein. Bestimmt hatten diese ein Handy mit GPS oder wussten von sich aus, wie weit es noch bis zum Waldrand sein würde. Martin setzte sich auf einen Stein und wartete. Doch weder nach fünfzehn noch nach dreißig noch nach fünfundvierzig Minuten kam jemand. Alles blieb still. Martin wurde nun doch etwas nervös. Hatte er eine Abzweigung übersehen? Was, wenn er auf dem falschen Weg war. Hilfe konnte er keine holen, sein Handy lag ja daheim. Und sein Proviant reichte nur noch bis heute Abend.

Martin unterdrückte ein Lachen. Was war er nur für ein Rindvieh - er war hier im bayerischen Alpenvorland und nicht im sibirischen Urwald. Und er befand sich auf einem Weg, der irgendwo hinführen musste. Egal wie lange dieser Weg durch den Wald führte, irgendwann würde er ein Ende haben und irgendetwas würde sich an seinem Ende befinden - wenn nicht Tannenhofen, dann eben ein anderer Ort oder eben ein Bauernhof. Bayern war zu dicht besiedelt, als dass man hier ernsthaft verloren gehen konnte. Er schulterte abermals seinen Rucksack und marschierte weiter.

Der Weg wurde nun so schlecht, dass er ab und zu über umgefallene Baumstämme klettern musste, aber immerhin entdeckte er hin und wieder den Abdruck eines Schuhs oder eines Hufeisens. Vielleicht führte der Weg ja zu einer Pferdekoppel.

«Thannenhofen - eine Stunde» war in Serifenschrift auf den Grenzstein am Wegesrand aufgemalt worden, den Martin nur ein paar hundert Meter weiter entdeckte.

«Na also!» Martin atmete auf. Der Weg war richtig und schon bald würde er in einem gemütlichen

Gasthaus bei einem leckeren Essen sitzen und es sich gut gehen lassen. Angespornt von dieser Aussicht schritt er leichten Fußes den Weg entlang und kam schon bald an das ersehnte Ende des Waldes. Die Bäume wurden lichter und lichter und schon bald öffnete sich der Wald und offenbarte eine weite satte Ebene - teils mit hohem Gras bewachsen, teils mit einer Vielzahl kleiner Felder übersät. Und tatsächlich - am Horizont konnte Martin endlich das lang ersehnte Dorf Tannenhofen oder eben Thannenhofen - mit einem «h» wie auf dem Kilometerstein - sehen. Es schien sich lediglich um einen kleinen Weiler zu handeln. Martin sah eine Handvoll Häuser, aus deren Schornsteinen schlanke Rauchfahnen emporstiegen. Dann sah er noch einige größere Gebäude - vielleicht Ställe oder Maschinenhallen. Wie friedlich es hier war - kein Lärm, nichts. Nicht einmal ein Flugzeug konnte er am Himmel sehen. Die Einwohner hier hatten sich wirklich einen friedlichen Flecken Erde ausgesucht.

Martin hatte sich dem Dorf vielleicht auf dreihundert Meter genähert, da kam ihm eine Schar Kinder entgegengelaufen. Wahrscheinlich waren Fremde hier immer noch eine Attraktion, auch wenn der Wanderweg nun schon seit zwei Jahren existierte. Die Kinder liefen ihm entgegen, umringten ihn, johlten und lachten. Wahrscheinlich hatten sie den ganzen Tag draußen gespielt, so verdreckt wie sie waren.

«So muss es sein!», dachte Martin und bedauerte, dass er keine Süßigkeiten eingesteckt hatte, die er jetzt verteilen hätte können.

Er hatte das Dorf fast erreicht als die Dorfkirche, eigentlich war es eher eine Kapelle, sechsmal hell und blechern schlug. So schnell wie die Kinder gekommen waren, rannten sie auch wieder weg und verschwanden zwischen den Häusern.

«Es gibt wohl Abendessen...», dachte Martin und freute sich erneut auf seine Mahlzeit. Er musste nur noch das Gasthaus finden.

Kapitel zwei

Der Zustand des Dorfes war katastrophal. Martin war nicht bewusst gewesen, dass es innerhalb Deutschlands noch solche Dörfer gab. Die Straßen waren nicht einmal asphaltiert, sondern lediglich matschige Wege aus Erde. Die Häuser waren allesamt heruntergekommene Hütten aus grobem Holz. Der Wanderweg schien dem Dorf nicht den erwarteten Aufschwung gebracht zu haben. Und die Leute erst - wenn er anfangs die Kinder für schmutzig gehalten hatte, dann nur, weil er zu dieser Zeit noch nicht gewusst hatte, wie dreckig der Rest der Menschen hier herumlief. Fast hatte Martin das Gefühl, in das Lager einer Gruppe Landstreicher geraten zu sein. Und erst die Luft - über all dem Dreck lag eine schwere Wolke aus Ruß und dem Geruch von Tierdung.

Tatsächlich schienen Besucher hier selten zu sein, denn die Menschen starrten Martin argwöhnisch an. Da fiel es Martin wie Schuppen von den Augen - keiner dieser Menschen benutzte ein elektrisches Gerät, kein Handy, kein Auto, keinen Rasenmäher - nichts. Er sah einen Mann mit einer großen schweren Sense hohes Gras schneiden und vor einem Haus kochte eine schrumpelige Frau eine kohlig riechende Suppe auf einer offenen Feuerstelle. Außerdem trug keiner der Menschen hier moderne Kleidung. Die Kleider der Frauen waren aus groben Leinen gewoben und die Männer trugen speckige Lederhosen. Es musste sich hier ohne Zweifel um eine Art Sekte, ähnlich den Amish People in den USA handeln. Jene religiöse Gruppierung, die jeglichem Fortschritt abgeschworen hat, um ein vermeintlich gottgefälliges, einfaches Leben zu führen.

Ja, das ergab Sinn. Und für so einen Meditationsweg, auf dem man zu sich selbst finden sollte, war dies natürlich ein mehr als passendes erstes Etappenziel. Er wunderte sich nur ein wenig, wieso dies in der Wegbeschreibung nicht ausführlicher dargestellt wurde. Hätte er den Prospekt geschrieben, hätte er sicher mehr daraus gemacht.

Staunend ging Markus durch die schlammigen Gassen. Eine alte Frau leerte einen Topf mit einer undefinierbaren braunen Flüssigkeit vor ihrer Tür aus. Ein Mann trieb eine abgehalfterte Ziege durch die Straßen und überall an den Hütten wurden rußige kleine Lampen - wohl mit Öl oder Talg betrieben - entzündet. Was für ein Erlebnis.

Er musste nicht lange suchen, um das Gasthaus zu finden. Im Unterschied zu den anderen Häusern war es aus behauenem Stein gebaut und ein Schild mit einem Krug Bier darauf zierte den Eingang.

Sicher begann nun der gemütliche Teil des ersten Tages.

«Gemütlich» war es auf den ersten Blick nicht besonders - schwere rauchgetränkte Luft quoll Martin entgegen, als er durch die schmale Tür des Hauses trat. Anscheinend wurde auch im Gasthaus mit Holz und Kohle gekocht. Martin musste die Augen zusammenkneifen, so sehr biss ihn die Luft hier. Fast zeitgleich mit seinem Eintreten verstummten die Gespräche abrupt und Martin fand sich auf einmal im Mittelpunkt der Aufmerksamkeit wieder.

An fast allen Tischen befanden sich Männer, manche hager, andere kräftig, manche mit einem Krug vor sich, manche mit einem Holzteller mit einer seltsamen Mahlzeit. Und alle starrten sie ihn an.

Es war der Wirt, der diese unangenehme Situation, in der Martin sich befand, beendete.

«Wer bist denn?», knurrte er. «Und was willst hier, Fremder?» Er sprach mit einem seltsamen Akzent und seine Betonung der Silben war ungewohnt. Ein wenig hörte es sich wie holländisch oder dänisch an - nur irgendwie verdreht.

«Schmitt, mein Name», antwortete Martin aus einem Reflex heraus. «Martin Schmitt. Wie der Skispringer...»

«Aha.» Der Wirt runzelte die Stirn. «Und was willst hier in unserem Dorf? Bist doch nicht von hier, so wie du daherkommst.»

«Aus Stuttgart.» Martin fühlte sich zunehmend unwohl. Wie kam der Wirt dazu, ihm solche Fragen zu stellen. «Ich komme aus Stuttgart und mache die Wanderung 'Sich Finden'.»

«Hm, Württemberger...», brummte der Wirt. «Solange du Geld hast...Was trinken und essen?» Die Stimmung im Gasthaus entspannte sich etwas.

«Ja, und ein Zimmer für die Nacht bitte.» Martin sah sich um, ob er irgendwo eine Treppe oder einen Durchgang entdecken konnte, der zu den Zimmern führte.

«Sie haben doch Zimmer, oder?»

Etwas irritiert sah sich der Wirt um.

«*Ich* habe Zimmer - *sie* nicht.» Er nickte in Richtung der restlichen Gäste. «*Sie* wohnen im Dorf.»

Nun runzelte Martin irritiert die Stirn.

«Na, wie auch immer. Ich hätte gerne ein Zimmer, ein Bier und die Speisekarte bitte.»

Der Wirt legte den Kopf schief.

«Speisekarte? Jungchen, willst mir dumm kommen? Also, was willst jetzt?»

«Ähm», stammelte Martin, «nein, ich dachte nur, ich könnte hier was zu essen bestellen.»

«Hm», brummte der Wirt kehlig. «Na, geht doch!». Damit drehte er sich um und verschwand in der Küche.

Verwundert über dieses seltsame Gebaren ließ sich Martin auf seinen Stuhl sinken. Die Leute nahmen ihre Gespräche wieder auf, warfen ihm aber immer wieder den ein oder anderen musternden Blick zu. Komische Gegend hier.

Es dauerte nicht lange, da kam der Wirt mit einem Teller und einem schäumenden Krug Bier zurück. In dem Teller dampfte derselbe seltsame Brei, den auch alle anderen hier aßen - wahrscheinlich hatte der Wirt nur ein Gericht. Martin war etwas enttäuscht. Er hatte auf Schweinebraten oder Rostbratwürstchen gehofft, aber immerhin gab es nun etwas zu Essen.

«Macht 20 Kreuzer!», raunzte der Wirt und wischte sich seine Hand, die etwas Brei abbekommen hatte, an seiner Schürze ab.

«Du zahlst gleich! Lumpen wie dir trau ich nicht. Schon gar nicht, wenn sie aus Württemberg kommen.»

Martin schluckte - morgen früh würde er sehr schnell aufbrechen. Hier im Gasthaus gefiel es ihm immer weniger und egal wie die Unterkunft am Ende der nächsten Etappe sein würde, es konnte nur besser werden.

«K-kann ich mit Karte zahlen?», stotterte Martin. Dem Wirt wurde es nun scheinbar wirklich zu bunt und er schlug mit der flachen Hand auf den Tisch. Die Leute ringsherum fuhren hoch und einige standen auf, um besser sehen zu können, was vor sich ging.

«Sch-schon gut!» Martin mochte es nicht, wie sich seine Stimme überschlug, wenn er nervös wurde, aber so war es immer schon gewesen. Er nahm einen Zwanzigeuroschein aus seinem Portemonnaie und legte ihn auf den Tisch.

«Bitte schön!»

Das feiste Gesicht des Wirts verwandelte sich in einen roten Ballon. Er packte Martin am Kragen und hob ihn aus dem Stuhl.

«Na warte Bürschchen, jetzt reichts! Rausprügeln werd ichs aus dir, du Hund!» Martin wusste nicht wie ihm geschah. Instinktiv hob er die Hände vors Gesicht und kniff die Augen zusammen. Doch der erwartete Schlag kam nicht.

Stattdessen konnte er eine starke behaarte Hand auf der Schulter des Wirtes sehen, als er die Augen vorsichtig wieder öffnete. Die Hand gehörte zu einem Mann von hünenhafter Statur, der sie dem Wirt beschwichtigend auf die Schulter legte. Der Wirt verharrte in seiner Bewegung.

«Zwanzig Kreuzer bekommst du von mir.» Der Mann mit dem rotblonden Bart, dem schulterlangem Haar und den eisblauen Augen musterte Martin von oben bis unten. «Und das Bürschchen lass mal in Ruhe essen.»

Zunächst enttäuscht, dann irritiert und schließlich gleichgültig ließ der Wirt seine Hand und damit auch Martin in den Stuhl zurücksinken, drehte sich schulterzuckend um und ging zu seinem Tresen. Für einen Moment herrschte Stille im gesamten Wirtshaus. Die Leute standen einfach da und starrten Martin und den großen Mann an, der immer noch neben Martins Tisch stand.

«Habt ihr nichts zu tun?», herrschte der große Mann in die Runde und nötigte so die starrenden Dorfbewohner, sich wieder ihren Gesprächen zuzuwenden. Gewicht schienen die Worte dieses Mannes hier zu haben, soviel war sicher. Andererseits, wer würde nicht Folge leisten, wenn einer, der sich unter einer Tür bücken musste, etwas befahl - noch dazu in diesem Ton.

Der große Mann setzte sich und wandte sich Martin zu.

«Grüß dich, Bursche», fing er an, "ich bin Theo, der Schmied hier im Dorf. Das Essen gehört nun dir. Lass es dir schmecken, wenn du es fertigbringst.» Er grinste zynisch unter seinem Bart - scheinbar war der Wirt nicht unbedingt für seine Kochkünste bekannt. Folgsam probierte Martin den dickflüssigen Brei - er schmeckte gar nicht so schlecht. Vielleicht war das aber auch nur der Hunger - schließlich schmeckten allerlei Sachen gut, wenn man nur einen ausreichenden Hunger mitbrachte.

«Danke dir», sagte Martin schließlich. «Ich weiß nicht was los war. Der Wirt wollte weder meine Karte noch mein Geld.» Dabei deutete Martin auf den Zwanziger, der immer noch auf dem Tisch lag. Der Wirt hatte ihn tatsächlich nicht genommen.

Theo verzog belustigt den Mund.

«Ich weiß ja nicht, wie das bei dir in Württemberg ist, aber hier zahlt man mit *dem* hier und nicht mit solchen Bildern.» Dabei legte er eine kleine silberne Münze auf den Tisch.

«Herzogtum Bayern» konnte man darauf lesen und «20 Kreuzer» und dann noch etwas. Martin blieb der Bissen im Halse stecken. Auf dem unteren Rand der Münze stand eine Jahreszahl - die Zahl 1720.

«W-wieso hast du denn so eine alte Münze?» Er starrte den Schmied entgeistert an. Der Schmied? Er war sich nicht bewusst, dass es überhaupt noch Dorfschmiede gab - klar, einen Goldschmied vielleicht schon, aber so sah dieser Mann mit seinen riesigen Händen beileibe nicht aus.

«Naja», meinte Theo, «so alt ist sie ja noch nicht und wer weiß, welchen Weg sie zurückgelegt hat, bis sie bei mir angekommen ist.»

In Martins Kopf setzten sich auf einmal Bilder zusammen, die perfekt zusammenpassten, aber deren Gesamtbild einfach nicht möglich war. Das alte Dorf, die Hygiene, die fehlenden Straßen, die Währung - es wirkte alles wie aus einem vergangenen Jahrhundert. Es war, als würde er sich in einem Dorf befinden, das sich seit mindestens einhundert Jahren nicht mehr verändert hatte - aber das war natürlich Unsinn.

Ein Mittelalterverein! Das musste einer dieser Vereine sein, die so realistisch wie möglich das Mittelalter nachspielten. Natürlich. Martin grinste. Er war so ein Esel.

«Nun», fing Martin mit einem Grinsen förmlich an, «mich deucht, ich bin zu Danke Euch verpflichtet, werter Herr Schmied, so denn - wie kann ich mich erkenntlich zeigen? Soll ich mein Streitross satteln und für euch eine Prinzessin retten?» Dabei machte er eine übertriebene Geste der Dankbarkeit.

«Du hast sie nicht mehr alle, was?», meinte der Schmied. «Na, Jungchen, ich will das Rußglas dort in deiner Tasche.» Er deutete auf die Brusttasche von Martins Hemd, aus der Martins Sonnenbrille guckte.

«Meine Sonnenbrille?» Martin war aufs Neue irritiert. Das passte nicht wirklich zum Mittelalter. «Hey!»

Theo hatte die Brille einfach aus seiner Tasche gezogen und sah hindurch.

«Das ist gut!», meinte der Schmied. «Man sieht fast nichts hindurch. Was sind das für Dinger?» Theo klappte verständnislos die Brillenbügel hin und her.

«Die kommen hinter die Ohren.» Martin hatte mittlerweile aufgehört, sich über die Leute hier zu wundern. «Das passt aber nicht ins Jahr 1720», fügte er hinzu.

«1721», meinte der Schmied und legte sich umständlich die Brillenbügel hinter die Ohren, so dass die dunkle Brille schief auf seiner Nase saß. Er sah nun ein wenig aus wie der griechische Gott Thor im Badeurlaub nach zu viel Sangria.

«Hey, das ist gut!», freute er sich etwas lauter als es Martin angenehm gewesen wäre. «Damit kann man ganz nah an die Flamme gehen und wird doch nicht geblendet.» Er bewegte seinen Kopf direkt vor die Flamme der kleinen Öllampe, die auf dem Tisch stand.

«Da schau! Und ich werde nicht geblendet!»

«Das ist Hexerei!», meinte ein alter Mann an einem Tisch, der dort mit mehreren alten Männern eine Art Würfelspiel spielte.

«Ja, genau!», meinte ein anderer. «Der Fremde verhext dich, Theo. Nimms lieber runter!»

«Der Fremde ist ein Hexer!», tönte es woanders her. Erschrocken nahm der Schmied die Sonnenbrille ab und verstaute sie in einer Tasche seiner Weste.

«Mist!», raunte er zu Martin. «Abergläubisches Volk. Schnell, komm mit.» Dabei nahm er Martins Arm und zog ihn in Richtung Ausgang, so dass Martin gerade noch ungeschickt sein Gepäck zu fassen bekam. Die Männer im Gasthaus tuschelten, riefen und skandierten.

«Hexer! Zauberer! Der Teufel persönlich!». Hastig eilte der Schmied mit Martin im Schlepptau durch die Tür.

Kapitel drei

Kühle Nachtluft wehte Martin entgegen, als er schließlich, geschoben von Theo, ins Freie stolperte.

«Das war knapp.» Theo atmete sichtlich auf, als sich die Tür hinter ihnen schloss und niemand hinterher zu kommen schien. Überrumpelt von den Geschehnissen im Gasthaus ließ sich Martin von Theo die schlammige Straße entlang zerren.

«Und wo schlaf ich nun?», murrte er, als er sich wieder einigermaßen gefangen hatte. Das Gasthaus war, soweit Martin das überblicken konnte, das Einzige im Dorf und mittlerweile war es bereits richtig dunkel geworden.

«Du kommst erst mal mit zu mir», meinte der Schmied. «Wer weiß, was sie mit dir machen, wenn sie dich heute noch einmal sehen.»

Theo deutete mit dem Kopf in Richtung Norden.

«Ich wohne etwas außerhalb des Dorfes, warte mal kurz.» Er hielt an, kramte in seiner Tasche und holte eine kleine Laterne aus seinem Beutel.

«Die werden wir brauchen. Wir müssen ein Stück über die Felder.» Er nestelte etwas am Docht der Laterne herum und versuchte diesen mit einem kleinen Stein zu entzünden, auf den er mit einem kleinen bogenförmigen Stück Metall zu klopfen begann.

«Warte mal!», meinte Martin, griff in seine Tasche und ließ sein Feuerzeug, das er für alle Fälle mitgenommen hatte, vor Theo aufblitzen. «Damit geht es schneller!»

«Teufel noch eins!» Erschrocken schlug Theo gegen Martins Hand und wich zurück. Das Feuerzeug flog Martin im hohen Bogen aus der Hand und landete klackernd auf der steinigen Straße. Theo betrachtete es aus der Ferne.

«Mach das nie wieder!», sagte er trocken. «Wenn die anderen das sehen, machen sie das da mit dir.» Dabei zeigte er vage auf eine Stelle, etwas vom Weg entfernt.

Martin erstarrte.

Etwa zwanzig Meter in die Richtung, in die Theo zeigte, stand ein Baum. Und an dem Baum hing ein Mann. Aufgeknüpft mit einem Strick an einem der unteren Äste.

Martin schauderte.

«I-ist das echt?», stammelte er. «Das ist doch nur eine Puppe, oder? Ihr Mittelaltertypen arbeitet doch mit solchen Requisiten.»

Gütiger Himmel, waren diese Leute krank.

«Natürlich ist der echt!», lachte Theo bitter. «Hat etwas zu oft beim Würfeln gewonnen, also waren sie der Meinung, dass er ein Zauberer sei, der arme Teufel.» Er atmete tief ein. «Tja, und nun hängt er hier, bis die Raben ihn gefressen haben, so dass man ihn im ganzen Dorf riechen kann. Dumme Leute.»

Martin sog erneut die kühle Nachtluft ein. Tatsächlich war da ein süßlicher Geruch, der von der Gestalt an dem Baum auszugehen schien. Martin musste würgen.

«Ich will hier weg!», sagte er zu Theo. «Wo ist die nächste Polizeidienststelle? Oder zumindest ein Telefon? Ihr seid doch alle krank hier!»

«Weg kommst du hier erst morgen», meinte Theo. Der einzige Weg führt durch den Wald und da ists im Dunkeln zu gefährlich. Da schau...» Er zeigte auf eine lange Narbe, die sich quer über seinen Unterarm zog. «Das waren Wegelagerer, denen ich über den Weg gelaufen bin. Seitdem gehe ich da nachts nicht mehr rein - und dir empfehle ich, es auch nicht zu tun. Musst wohl erst mal zu mir kommen und morgen kannst dann nach Vreching laufen. Aber obs diese Sachen da gibt, von denen du redest, weiß ich nicht.» Er zündete die Lampe an, steckte sie an seinen Stab und begann den Weg fortzusetzen.

«Aber der Typ da...», Martin zeigte auf den hängenden Mann, «...er wurde ermordet. Wie kannst du da so ruhig bleiben? Das ist ein Verbrechen!» Martin war außer sich.

«Jetzt beruhig dich, Jungchen», meinte der Schmied. «Ich halte den Kerl für unschuldig, aber er wurde ganz regulär vor ein Gericht gestellt und als Hexer verurteilt. Die Büttel bringen nicht wahllos Leute um. Aber wenn du hier weiterhin deine merkwürdigen Sachen herumzeigst und von Dingen redest, die keiner kennt, bist du schneller vor so einem Gericht als du deinen Wanderstock schultern kannst.»

Er packte Martin am Arm und zog ihn mit sich fort. «Und jetzt komm mit zu mir - sonst kommen die Leute aus dem Gasthaus uns doch noch hinterher.»

Verwirrt stolperte Martin den Weg entlang. Wo war er hier nur? Das sollte ein Touristendorf sein. Ein Dorf, in dem Wanderer unterkommen konnten. Wo man ihnen traditionelle Küche von Damen in Tracht servieren ließ. Wo Volksmusik spielte und allenfalls Informationstafeln an alten Häusern auf deren bedeutungsvolle Geschichte hinwiesen. Aber hier? Alles war tatsächlich wie im 18. Jahrhundert und nichts - wirklich gar nichts - deutete darauf hin, dass er sich nicht im Jahr 1721 befand.

Und wenn es wirklich so war? Jules Verne meinte einmal, dass wenn man alle möglichen Alternativen ausgeschlossen hatte, die verbleibende, wenn auch unmögliche Alternative, trotz ihrer vermeintlichen Unmöglichkeit, die Zutreffende sein müsse. Oder ist es Sherlock Holmes gewesen? Martin wusste es nicht mehr. Aber konnte es sein, dass er sich tatsächlich im Jahr 1721 befand? Es würde die Erscheinung des Dorfes erklären. Es würde erklären, wieso die Leute so auf ihn reagierten und es würde sogar erklären, wieso er sich in diesem vermeintlich kleinen Wald verlaufen hatte.

Martin versuchte sich zu erinnern. Vor dem Wald hatte er Windkraftanlagen gesehen. Dies bedeutete, dass er dort noch nicht im Jahr 1721 gewesen sein konnte. Im Wald hat es dann angefangen mit dem unwegsamen Weg, der viel länger gewesen war als es von außen ausgesehen hatte. Im Jahr 1721 hatte es viel mehr Wälder gegeben als in der Gegenwart. Wenn er irgendwie während seiner Pause in das Jahr 1721 'gefallen' wäre, dann würde alles andere Sinn ergeben.

«Haben wir wirklich das Jahr 1721?», fragte Martin den Schmied geradeheraus. «Bitte sei ehrlich zu mir - das mit dem Toten, das ist...»

«Natürlich», meinte Theo verwundert. «Wir haben Herbst im Jahre des Herrn 1721. Was ist los mit dir, dass du nicht weißt, welches Jahr wir haben?»

«Ach, nichts.» Martin seufzte. Er musste wohl erst einmal akzeptieren, irgendwie in das Jahr 1721 geraten zu sein. Und egal ob es nun tatsächlich so war oder ob die Leute hier ein wie auch immer geartetes Psychospiel spielten, so war es das Beste, sich zunächst einmal so zu verhalten, als wäre es das Jahr 1721. Morgen früh würde er den Weg zurück gehen und sehen, ob er nach Vreching kam oder ob er, falls er tatsächlich durch die Zeit gefallen war, wieder in die Zeit zurückkehren würde, in die er gehörte.

Gedankenverloren stapfte er Theo hinterher.

Theos Haus befand sich gut eine halbe Stunde Fußmarsch vom Ort entfernt.

«Ich brauche Wasser für meine Arbeit», erklärte Theo. «Und ich mags nicht, wenn ich das Wasser nehmen muss, in das schon jeder hier reingepisst hat.» Markus verstand - das Haus des Schmieds lag ein ganzes Stück flussaufwärts der anderen Häuser, so dass deren Abwässer erst später eingeleitet wurden. Überhaupt schien ihm der Schmied um einiges schlauer zu sein als der Rest der Dorfbewohner.

«Dann mal rein mit dir!» Die Stimme des Schmiedes klang hier, in seiner Wohnumgebung, um einiges wärmer und freundlicher als zuvor.

«Setz dich dorthin - kannst noch etwas Suppe haben. Müsst noch was da sein. Stellst dir den Topf auf den Ofen, dann wirds wieder warm. Aber sei leise. Helena schläft schon.»

Der Schmied deutete auf einen eingezogenen Boden unter dem wuchtigen Holzdach, das mit fast mannsbreiten Dachbalken an Ort und Stelle gehalten wurde.

«Helena?» Markus ging zum Ofen hinüber und stellte mit ungeschickten Bewegungen einen gusseisernen Topf auf den rußgeschwärzten Ofen, dessen Rohr in einem steinernen Kamin verschwand, der auch der großen Esse der Schmiede als Abluft diente.

«Meine Tochter.» Die Züge des Schmiedes wurden für einen Moment sanft, dann verhärteten sie sich wieder. «Sie schläft dort oben und ich rate dir - Hände weg von ihr, wenn dir dein Leben lieb ist.»

Markus sagte nichts und starrte in den Topf, in dem ein loses Sammelsurium aus Karotten, Zwiebeln und anderem Wurzelgemüse langsam zu köcheln begann.

«Warum tust du das alles?», fragte er schließlich.

«Was?»

«Na das. Dass du mich hier aufnimmst. Die anderen wollten mich verprügeln oder Schlimmeres. Und du nimmst mich hierher mit. Warum?»

Theos Stirn legte sich in Falten.

«Die anderen sind abergläubisch und du mit deiner komischen Kleidung und deinem komischen Zeug, das du mir dir herumträgst, wärst schneller als Hexer auf dem Block als du schauen kannst. Und wenn sie erst mal angefangen haben, Hexen zu jagen, dann hören sie nimmer auf. Und ich hab doch nur noch Helena - ihre Mutter haben sie schon geholt, das letzte Mal. Kanns nicht nochmal aushalten, jemanden zu verlieren.»

Markus begann zu verstehen. Bestimmt schwebte die Tochter einer vermeintlichen Hexe früher stets in Gefahr als eine Ebensolche verurteilt zu werden. Markus hoffte, dass nicht gerade das beherzte Eingreifen des Schmieds das abergläubische Volk an seine Fersen heften würde.

«Außerdem mag ich das da hier.», meinte Theo und nahm Markus' Sonnenbrille aus der Tasche.

«Damit kann ich das Eisen besser schmieden, weils das Licht der Glut dunkler macht. Hab so ein Rußglas schon mal gesehen, aber nicht so ein leichtes und keines mit Ohrhaken.» Theo deutete auf die Bügel der Brille.

Markus hatte sich mittlerweile einen Schöpflöffel Suppe in einen grob geschnitzten Holzteller abgefüllt und setzte sich wieder an den Tisch.

«Du kannst sie gerne behalten», meinte Markus. «Das ist eine Sonnenbrille, aber in die Sonne soll man damit trotzdem nicht schauen.» Die Suppe schmeckte sehr gut und für einen Moment musste er an die gemütlichen Winterabende bei seiner Oma denken. Die hatte auch immer sehr gut gekocht. Wahrscheinlich war die Suppe von dieser Helena. Der Schmied konnte sicher nicht so gut kochen. Zumindest sah er nicht so aus.»

«So, ich geh jetzt schlafen», meinte Theo schließlich und erhob sich. «Du kannst dich dort beim Ofen hinlegen - hasts da auch ohne Decke warm. Und morgen verschwindest. Mag keine Scherereien wegen dir.»

Markus war etwas überrascht, dass der Schmied gar nichts über ihn wissen wollte. Er hätte einem dahergelaufenen Fremden sicher nicht so sehr vertraut. Der Schmied war da wohl anders. Morgen würde er zu diesem Wald zurückgehen. Zurückgehen und hoffen, dass er nach Hause kam.

Markus löffelte seine Suppe zu Ende und legte sich schließlich auf die rußigen Bohlen neben dem heißen Ofen.

Kapitel vier

Müde rieb sie sich die Augen. Was war das? Jemand lief unten herum. Ja, Helena konnte es ganz deutlich hören - ein Scharren und leise Schritte. War ihr Vater schon wach? Das wäre ungewöhnlich, denn der Schmied stand normalerweise nie auf, bevor die Sonne nicht über den Horizont gekrochen war - und das war noch eine ganze Weile hin. Durch das kleine Loch in der Wand auf der Empore, auf der sie schlief, konnte sie einen matten Schimmer über den Wäldern im Osten erkennen. Gerade genug um sich draußen zurechtzufinden, aber gewiss zu früh für ihren Vater. Ein Dieb? Aber wer wäre so dumm, hier einzubrechen? Ihr Vater war stark und viel hatten sie ja nicht. Aufgeregt kroch sie an den Rand ihrer Empore und blickte hinab.

Ein seltsamer Mann machte sich dort an einem seltsamen Beutel zu schaffen. Hatte er hier übernachtet? Er schien seine Sachen zusammenzupacken. Vielleicht hatte Vater ihn ja gestern vom Gasthaus mitgebracht. Das war seltsam. Ihr Vater war nicht sonderlich gesellig, seitdem das mit ihrer Mutter passiert war. Helena kämpfte wie so oft gegen die aufkommende

Traurigkeit an. Leise nahm der fremde Mann seinen Beutel, öffnete die knarrende Türe so leise es nur ging und schob sich hindurch. Helena kroch wieder zu dem kleinen Loch in der Wand. Da war er wieder. In der beginnenden Morgenröte konnte sie ihn nun besser sehen. Er hatte wilde dunkle Haare und ein junges Gesicht, soweit sie es erkennen konnte. Wie alt mochte er sein? Zwanzig vielleicht? Vielleicht etwas älter?

Sie beobachtete den Mann, wie er zu dem kleinen Bach ging, der an ihrem Haus vorbeifloss und dessen Wasser ihr Vater für seine Arbeit nutzte. Neugierig beobachtete sie, wie sich der Mann sein fremdartiges Hemd über den Kopf zog. Anscheinend wollte er sich waschen. Helena schlug sich erschrocken die Hände vor die Augen. So etwas sollte sie nicht sehen. Je älter sie wurde, desto mehr schien ihr Vater sie von so etwas fernzuhalten. Einmal hatte sie auf einer kunstvoll verzierten Feldflasche eines Kunden unzüchtige Gravuren entdeckt. Ihre Wange brannte jetzt noch, wenn sie an die Ohrfeige dachte, die ihr Vater ihr damals verpasst hatte.

Ob der Mann nun schon weg war? Von der Neugier überwältigt, spähte Helena vorsichtig durch die Zwischenräume ihrer Finger. Nein - er war noch da und wusch sich. Sein Oberkörper war viel feiner als der von Feuer und Ruß gegerbte muskulöse Oberkörper ihres Vaters. Und anders als ihr Vater hatte dieser Mann keinerlei Behaarung - weder auf seiner Brust noch auf seinem Rücken.

Mit einem Tuch, das der Mann aus seinem Rucksack holte, trocknete er sich schließlich ab und zog sein Hemd wieder an. Dann versuchte er scheinbar, sich grob zu orientieren und verließ schließlich den Bereich, den Helena beobachten konnte.

Trotz der gestrigen Dunkelheit war es nicht schwer, den Weg zurück in den Wald zu finden. Um das Dorf und besonders um den Galgenbaum hatte Martin dabei einen großen Bogen gemacht. Er wollte es tunlichst vermeiden, noch einmal mit diesen Menschen in Kontakt zu kommen oder noch einmal diesen widerlichen Geruch nach Tod riechen zu müssen.

So richtig akzeptieren, dass er sich in einer anderen Zeit befinden sollte, konnte er noch immer nicht. So etwas war einfach nicht möglich. Aber egal, ob es nun so war oder nicht - es war in jedem Fall am besten, den Weg zurückzugehen. Entweder es würde sich herausstellen, dass er seine Zeit gar nicht verlassen hatte, oder er würde wieder in die richtige Zeit zurückfallen. Zumindest hoffte er das. Und falls nicht - ja, dann würde er in Vreching wahrscheinlich vor dem gleichen Problem stehen, wie in Tannenhofen und als Fremdling dem Argwohn der Dorfbewohner ausgesetzt sein. Aber was sollte er sonst tun. Er musste es zumindest versuchen.

Jetzt, da die Möglichkeit bestand, dass er sich im achtzehnten Jahrhundert befand, mit all den Gefahren dieser Zeit, wirkte der Wald um einiges bedrohlicher. Die Erzählungen des Schmieds machten dies nicht besser und so lauschte Martin jedem aufflatternden Vogel und jedem Knacken im Geäst. Und es knackte oft. Immer wieder blieb Martin stehen und sah sich um. Hatte er Schritte gehört? Schritte, die immer dann eilig zwischen den Bäumen hin und her huschten, wenn er gerade marschierte und die stets verharrten, wenn auch er innehielt?

Martin hob einen Stock vom Boden auf. Er bezweifelte, dass ihn dieser vor bewaffneten Räubern schützen würde, aber es machte ihm Mut, sich an einer Waffe festhalten zu können.

«I-ich warne euch!», rief Martin in die Richtung, aus der er die Schritte vernommen hatte. «Wenn ihr herkommt, werde ich euch den Stock überbraten!» Seine Stimme klang weniger überzeugend als er gehofft hatte.

Hinter ihm erklang ein Kichern.

«Na, dazu wärst du wohl kaum gekommen, wenn ich dir den Garaus hätte machen wollen.»

Erschrocken fuhr Martin herum. Ungeschickt schwenkte er den unhandlichen Stock, der ihm fast aus der Hand gefallen wäre. Vor ihm, nur weniger Meter entfernt stand ein Mädchen in einem einfachen groben Baumwollkleid. Sie hatte rötliches Haar, blaue Augen und zählte vielleicht sechzehn oder siebzehn Jahre. Frech grinste sie ihn an.

«Pass auf, dass du deine Waffe nicht verlierst!» Sie nickte in Richtung des Stocks, den Marin immer noch ungeschickt in der Hand hielt.

«Wer bist du?», fragte Marin verwundert.

«Helena»

«Helena...» Martin überlegte. Den Namen hatte er erst vor Kurzem gehört. So hieß doch...

«Die Tochter des Schmieds, bei dem du heute Nacht geschlafen hast», meinte sie schließlich.

Jetzt erinnerte sich Martin. Sie musste ihm den ganzen Weg gefolgt sein.

«Was tust du hier?»

«Ich wollte wissen, wo du hingehst», antwortete sie geradeheraus. «Weißt du, so oft sehe ich keine Fremden. Wer bist du denn und wo kommst du her?»

«Ich bin Martin», stellte er sich vor. «Ich komme aus Württemberg und bin hier», er überlegte kurz, «auf Wanderschaft. Dein Vater hat mich gestern vor ein paar Dorfbewohnern gerettet, die mir ans Leder wollten. Anscheinend passe ich nicht sonderlich gut in diese...Gegend.»

«Sie sind einfältige Narren.» Die Stimme des Mädchens klang, als könnte sie sich schon vorstellen, was geschehen war. «Darum werde ich auch keinen von denen heiraten, auch wenn mich Vater noch so drängt.

Martin runzelte die Stirn. In dieser Zeit war es wahrscheinlich nicht typisch, dass ein Mädchen in diesem Alter noch nicht verheiratet war. Ihm schauderte, wenn er an die Männer im Gasthaus dachte.

«Verstehe», pflichtete er ihr bei. «Naja, jetzt weißt du, wer ich bin - du solltest nun zurückgehen. Hier ist es nicht sicher.»

«Das könnte ich dir genauso sagen.» Das Mädchen grinste wieder frech und Martin wurde einmal mehr bewusst, was für eine hilflose Gestalt er mit seiner improvisierten Waffe abgeben musste.

«Ja, du hast Recht», seufzte er. «Aber ich muss weiter - ich muss nach Hause. Und du auch! Geh jetzt lieber!»

«Hm, in Ordnung.» Martin meinte fast so etwas wie Bedauern in ihrer Stimme zu hören.

«Du hast Recht, Vater ist bestimmt schon sauer auf mich. Pass auf dich auf, Martin, und leb wohl.»

«Du auch. Leb wohl.»

Martin drehte sich um und folgte weiter dem Weg. Weit konnte es nicht mehr zum Fluss sein. Aus dem Augenwinkel konnte er sehen, dass Helena noch eine ganze Weile dort stand und ihm hinterher sah. Es musste schwer für ein Mädchen sein, in dieser Zeit aufzuwachsen - Hexenverfolgung, verabredete Ehen. Martin drehte sich noch einmal zu ihr um, doch sie war fort.

Kapitel fünf

Martin fluchte und zog seinen Fuß aus dem Morast. Die schlechten Wege dieser Zeit gingen ihm langsam aber sicher gehörig auf die Nerven.

Vor einigen Stunden hatte er schließlich die kleine Brücke erreicht, aber bereits die fehlende Bananenschale hatte seinen Optimismus gesenkt. Wäre er wieder in seiner Zeit, wäre diese wohl noch an Ort und Stelle gewesen. Der stetig schlechter werdende Weg auf der anderen Seite der Brücke und nicht zuletzt die Tatsache, dass er auch nach einer Dreiviertelstunde auf diesem Weg keine Windräder entdecken konnte, ließen in ihm die Hoffnung schwinden, wieder dort zu sein, wo er hergekommen war.

Ein Geräusch riss Martin aus seinen Gedanken. Stimmen! Und sie waren nahe. Ein Gefühl von Euphorie stieg in Martin auf. Bestimmt waren es Wanderer, die ebenfalls den «Sich-Finden-Weg» gingen. Ein ganzer Felsbrocken fiel ihm vom Herzen. Er hatte es geschafft! Er war wieder zu Hause! Martin beschleunigte seine Schritte. Er würde sich beherrschen müssen, diese Personen nicht zu umarmen, so froh war er. Schon hinter der nächsten Wegbiegung konnte Martin die Gruppe Wanderer etwa fünfzig Schritte vor ihm erkennen - und erstarrte. Fünf Männer standen um einen Esel herum und redeten wild aufeinander ein. Mittels eines Strickes versuchte einer der Männer, das Tier in seine Richtung zu ziehen, während ein anderer mit einem dünnen Stock auf das Hinterteil des Esels einschlug. Scheinbar weigerte sich das Tier, den Weg in Richtung Tannenhofen fortzusetzen.

Die Männer waren allesamt von großer und kräftiger Statur, soweit Martin es aus der Entfernung beurteilen konnte und zumindest an einem von ihnen – an dem mit dem Strick - konnte Martin einen Schwertgürtel samt Waffe erkennen. Die dunkle Scheide schwang hin und her, während der Mann an dem Tier zerrte. Auch sonst waren alle Männer in grobes Leder und Leinen gekleidet und riefen sich mit rauer Stimme unverständliche Worte zu.

«Verdammt!» Martin blickte sich hilfesuchend um. Er war nicht in seiner Zeit, soviel war sicher. Und der Schmied hatte etwas von Wegelagerern hier im Wald erzählt. Wenn er nun in einen Busch sprang, würden die Männer die Bewegung vielleicht aus dem Augenwinkel wahrnehmen, selbst wenn sie sich gerade auf den Esel konzentrierten. Langsam ging Martin rückwärts, um zumindest hinter der Wegbiegung außer Sicht zu sein.

Er konnte sein Herz bis zum Hals schlagen spüren, als die Männer endlich außer Sicht gerieten, ohne dass einer von ihnen auf ihn aufmerksam geworden wäre. Immer noch hörte er die Stimmen, wie sie versuchten, das störrische Tier anzutreiben. Martin sah sich erneut um - er brauchte eine Deckung. Einen Busch oder einen Fels, hinter dem er sich verstecken konnte, bis diese Leute - Wegelagerer oder nicht - an ihm vorübergezogen waren. Er wollte gerade einen dichten Brombeerstrauch ansteuern, als er schließlich jubelnde Freudenrufe und schnelle Schritte aus Richtung der Männer hörte. Sie hatten es wohl geschafft, dass Tier zum Weitergehen zu überreden.

Martin rannte los. Zum Verstecken war es zu spät. Er musste hier weg. So schnell er konnte, hastete er über den holprigen Weg, knickte um, stolperte, fiel, stand wieder auf, fiel erneut, erhob sich wieder und verlangsamte erst seinen Schritt, als er glaubte, dass er die Männer weit genug hinter sich gelassen haben musste. Und auch dann wagte er es nicht, sich eine Pause zu gönnen. Im Gehen überlegte er, was er nun tun konnte. Scheinbar hatte er nur die Wahl, nach Tannenhofen zurückzukehren oder sich irgendwo zu verstecken, bis die Männer ihn passiert hatten, um dann nach Vreching zu gehen. Und dann? Was würde er in Vreching im Jahr 1721 tun? Würde er dort nicht vor denselben Problemen stehen, vor denen er auch in Tannenhofen oder eben in Thannenhofen mit *h* gestanden hatte?

Schließlich entschloss sich Martin, für den Moment in das Haus des Schmieds zurückzukehren. Immerhin schien der bärtige Hüne der einzige Mensch in dieser Zeit zu sein, der ihn weder ausrauben noch an den Galgen bringen wollte. Und so hoffte Martin, dort zumindest für eine kurze Zeit Essen und einen Schlafplatz erhalten zu können, bis er wusste, wie er weiter vorgehen würde.

Es war schon fast wieder Abend, als sich der Wald lichtete und Martin den Rauch über den Dächern aufsteigen sehen konnte. Der Rückweg war noch beschwerlicher geworden, nachdem ein kalter, beständiger Nieselregen eingesetzt hatte, der seine Kleidung nach und nach durchweichte. Vorsichtig ging Martin am Waldrand entlang, auch wenn bei diesem Wetter wahrscheinlich keine Kinder im Freien spielten, die ihn entdecken hätten können.

«Was willst du hier?», donnerte der Schmied unwirsch, nachdem sich Martin entkräftet durch die alte Holztür geschoben hatte. «Ich hab dir doch gesagt, dass du machen sollst, dass du fortkommst. Ich will keine Scherereien wegen dir.» «Ich wollte ja, aber ich kann nirgendwo hin. Den Ort, aus dem ich komme, ...den, den gibt es nicht mehr. Und du bist der Einzige, den ich kenne.» «Das ist mir egal!», polterte Theo weiter. «Ich habe dir gesagt, du sollst verschwinden! Und das wirst du tun, Bursche. Und wenn du nicht freiwillig abhaust, dann werde ich dich...». Der Schmied nahm den rotglühenden Schürhaken zur Hand, der sich in der Feuerstelle befand. Erschrocken wich Martin zurück.

«Vater, hör auf!», rief da eine helle Stimme - es war Helena.

«Siehst du nicht, dass er Hilfe braucht?» Erst jetzt bemerkte Martin, dass Helena die ganze Zeit an dem Ofen gestanden hatte, neben dem er die letzte Nacht geschlafen hatte.

«Hüte deine Zunge, Mädchen! Du hast heute schon genug angerichtet. War ich heute Morgen etwa nicht deutlich genug?» Helena hob unwillkürlich die Hand an ihre Wange. Erst jetzt erkannte Martin, dass diese geschwollen war. Hatte Theo sie etwa seinetwegen...?

«Du weißt doch ganz genau, was passieren wird, wenn wir den Kerl hierbehalten?», fuhr Theo weiter in Richtung des Mädchens fort. «Die Dorfbewohner werden kommen und ihn der Hexerei beschuldigen und danach werden sie dich beschuldigen! Das lasse ich nicht zu!»

«Mama hätte ihm bestimmt geholfen!», meinte Helena trotzig.

Es wurde still. Der Schmied ließ seinen Schürhaken sinken. Seine Kiefer mahlten und eine tiefe Falte zeichnete sich auf seiner Stirn ab.

«Na gut...» Theos Stimme klang auf einmal verändert. Viel sanfter als zuvor. «Du kannst erst einmal hierbleiben.»

Er seufzte. «Aber dass eines klar ist - du ziehst deine komischen Sachen aus und vergräbst deinen württembergischen Kram hinterm Haus.» Dabei deutete er auf Martins Rucksack. «Du bekommst Sachen von mir. Und du wirst aufhören, dummes Zeug zu schwätzen. Am besten, du sagst einfach gar nichts, wenn andere Leute hierherkommen. Und du wirst arbeiten. Hart arbeiten. Ich kann keinen brauchen, der mir die Haare vom Kopf frisst und ansonsten zu nichts zu gebrauchen ist. Wir werden sagen, du seist ein Geselle auf der Wanderschaft. Das erklärt zumindest, wieso du hier in dieser Gegend herumstreichst. Ist das klar?»

«Ja, in Ordnung, alles was du willst.»

«Ja, in Ordnung 'Meister' ab jetzt - gewöhn dir das an, ja?»

«Ja, in Ordnung...Meister», fügte Martin kleinlaut hinzu.

«Gut, dann kommt nun essen», unterbrach Helena die beiden Männer, «sonst wird es kalt.»

«Martin!», flüsterte Helena später in die Dunkelheit von ihrer Empore hinunter, etwa eine Stunde nachdem sie alle zu Bett gegangen warten. «He, Martin, schläfst du schon?». Keine Antwort. Es gab so vieles, was Helena an diesem geheimnisvollen Fremden interessierte. Enttäuscht kroch sie unter ihre Decke und schloss die Augen.

Mit einem dumpfen Schlag drang der geschärfte Eisenkopf der Axt in das Stück Holz auf dem Hackblock. Schon den ganzen Vormittag spaltete Martin vor der Schmiede Holz und schichtete es unter einem strohgedeckten Verschlag auf, damit es nicht nass werden konnte. Der Regen hatte glücklicherweise in der Nacht aufgehört und die Sonne drang mehr und mehr durch den Nebel, der aus der feuchten Wiese der Waldlichtung aufstieg.

«Möchtest du Wasser?» Helena trat mit einem Tonkrug an Martin heran - stets bedacht, keinen Schlag mit der Axt abzubekommen. Sie lächelte. Über Nacht schien die Schwellung ihres Gesichts abgeheilt zu sein und sie schien frisch und makellos, wie am Tag zuvor. Das durch den Nebel dringende gelbe Sonnenlicht ließ ihre rötlichen Haare fast golden wirken. Hübsch war sie - kein Wunder, dass Theo sich sorgte, wenn sie ohne Aufsicht das Haus verließ.

«Na was ist? Willst du?», fragte sie erneut und lachte. Er musste wohl für einen Moment ein sehr dümmliches Gesicht gemacht haben.

«Danke dir!», sagte Martin schnell und nahm einen großen Schluck aus dem Krug.

«Du bist schnell!», bemerkte Helena und deutete in Richtung des aufgeschichteten Holzstapels. Martin bezweifelte das. So ungeschickt wie er sich anstellte, hatte er das Gefühl, dass Theo dieselbe Arbeit in einem Bruchteil der Zeit erledigt hätte.

Aber so konnte der Schmied zumindest seiner eigentlichen Arbeit nachgehen.

«Zeigst du mir, wie das geht?», fragte Helena neugierig.

«Ich weiß nicht, ich denke…»

«Na, komm schon. Ich will das auch können.» Helena schob sich zwischen Martin und den Block und legte dabei ihren Rücken an seine Brust. Sie fühlte sich warm an.

«Also, ich nehme die Axt so und dann…» Schwungvoll riss Helena die Axt in die Höhe.

«Hey, pass auf!» Martin fing ihre Hände auf und hielt sie an ihren Handgelenken fest. «Du musst sie vorsichtig führen. Schau, so.» Dabei führte er ihre Hände langsam von oben nach unten. Die Schneide der Axt klopfte gegen das Holz. Er wiederholte die Bewegung einige Male.

«Und nun fester!», meinte er und mit einem Schwung steckte die Axt im Holz.

«Ich kanns!», freute sich Helena und sah hinauf zu Martin, der ihre Handgelenke noch immer von hinten führte. «Danke dir!», hauchte sie und sah ihn einen Moment still an.

«Helena!», rief die Stimme des Schmieds aus der Schmiede heraus. «Wo bleibst du, Mädchen? Du sollst mir Wasser holen, hab ich gesagt.» Rasch entwand sich Helena aus Martins Griff - gerade noch rechtzeitig bevor sich Theos verschwitztes, rußgeschwärztes Gesicht aus dem Fenster reckte. Martin musste grinsen - die Augenpartie des

Schmieds war vollkommen rußfrei und schimmerte rosig. Scheinbar trug der Schmied bei der Arbeit seine Sonnenbrille - das einzige Artefakt aus dem 21. Jahrhundert, das er nicht hinter dem Haus vergraben hatte müssen.

«Was macht ihr da?» Theo klang argwöhnisch und sah abwechselnd erst Helena und dann wieder ihn an.

«Ich habe ihr nur gezeigt, wie man Holz hackt», versuchte Martin zu erklären.

«Sie weiß, wie man Holz hackt», brummte Theo. «Wer glaubst du, macht diese Arbeit sonst? Ich etwa?»

Helena errötete.

«Wo bleibt nun mein Wasser?»

Fast übertrieben schnell floh Helena ins Haus und kurz darauf hörte man wieder das stetige Hämmern des schweren Schmiedehammers auf dem eisernen Amboss.

Die folgenden Tage waren für Martin sehr anstrengend. Der Schmied verlangte ihm alles ab und ließ nur wenige Verschnaufpausen zu. Und wenn, dann dauerte es nicht lange, bis er Martin wieder an die Arbeit trieb.

Dafür ließ er sich nicht lumpen, was die Verpflegung betraf. Die Tage begannen stets mit einem reichhaltigen Frühstück. Tagsüber gab es ein körniges Brot und am Abend bereitete Helena oftmals eine gute, dicke Suppe oder sogar ein Kaninchen zu, das sie selbst im Wald erlegt hatte.

Einmal durfte Martin Helena in den Wald begleiten, da sie zuvor einen Bock erlegt hatte, den sie allein nicht heimtragen konnte. Dabei zeigte sie ihm, wie man sich an einen Kaninchenbau heranpirschte.

«Wie eine Elfe...», dachte sich Martin, als er sah, mit welcher Leichtigkeit sich Helena durch den Wald bewegen konnte. Lautlos, fast so als würde sie über Moos und Wurzeln schweben. Helena hatte den Bau des Kaninchens fast erreicht, da zeigte sich auch schon ein pelziger Bewohner und schnupperte zaghaft vor dem Erdloch, das ihm als Behausung diente. Wie ein Schatten huschte Helena in Deckung hinter eine verwitterte Fichte und spannte ihren Bogen. Martin musste sich vorbeugen, um sehen zu können, was nun passierte. Doch als er sein Gewicht verlagerte, knackte es unter seinen Füßen. Wahrscheinlich war diese Änderung des Gewichts zu viel für den kleinen Zweig unter seinen Sohlen gewesen. Erschrocken verharrte das Kaninchen in seiner Bewegung. Helena zielte, doch zu spät - die Dauer eines Wimpernschlages später war der kleine Nager wieder in den Schutz seiner Höhle zurückgekehrt.

Helena drehte sich zu Martin um und verzog den Mund.

«T-Tut mir leid...», entschuldigte sich Martin. «Ich wollte dir zusehen und dabei bin ich...»

«Das hab ich gehört», meinte Helena. «Und das Kaninchen auch.» Sie machte eine Pause, sah sich prüfend um und grinste. «Und alle anderen Waldbewohner auch...», fügte sie hinzu und hing sich den Bogen wieder über die Schulter. Sie überlegte. «Na los, komm!», meinte sie schließlich herausfordernd. «Wer als letztes beim Bock ist, muss das Hinterteil tragen.»

Lachend rannte sie in den Wald hinein.

«Hey!», protestierte Martin, «Ich weiß doch gar nicht, wo der liegt!» Doch Helena war schon auf und davon. Ungeschickt stolperte Martin hinterher, doch schon bald merkte er, dass er hier im Wald keine Chance gegen Helena hatte. Wie ein Trampeltier kam er sich hier im Unterholz vor, was ihm etwas unangenehm vor Helena war. Aber der Boden war hier einfach so stark von Wurzeln durchzogen, dass er immer wieder umknickte und mehr fiel als lief.

Hier und da sah er noch den grünen Stoff ihres Kleides zwischen den Bäumen hin und her huschen, dann war sie fort.

Orientierungslos blieb er stehen und sah sich um. Alles sah so gleich aus. Und Spuren waren auch keine zu erkennen. Er wollte gerade rufen, da entdeckte er sie, wie sie hinter einem Baum kauerte - ihm den Rücken zugekehrt. Scheinbar vermutete sie ihn auf der anderen Seite.

Was für ein Glück! Jetzt konnte er sie einmal überraschen. So leise er konnte, schlich er von hinten an sie heran. Natürlich knackte hierbei wieder der ein oder andere Zweig unter seinen Schritten, jedoch schien Helena es diesmal nicht zu merken.

«Hab ich dich!», rief er triumphierend, sprang den letzten Meter nach vorn und packte Helena. Zumindest wollte er das. In dem Moment als seine Arme zupackten, sprang Helena zur Seite. Rudernd verlor er das Gleichgewicht und landete bäuchlings auf dem Boden. Er fluchte.

Gerade hatte er sich auf den Rücken gerollt, da saß Helena schon rittlings auf seinem Bauch.

«Du hast mich?», fragte sie mit gespielt verständnislosem Gesichtsausdruck und hielt sich die Hand ans Kinn, so als ob sie angestrengt über etwas nachdenken müsste. Dann grinste sie.

«Na warte!» Martin war nicht bereit seine Niederlage jetzt schon zu akzeptieren und warf unvermittelt sein Becken nach oben, so dass Helena mit einem überraschten Aufschrei nach oben geschleudert wurde und neben ihm auf dem moosigen laubbedeckten Waldboden landete. Sofort war Martin über ihr und hielt triumphierend ihre Handgelenke gegen den Boden gepresst.

«Ja, ich hab dich!», beantwortete er ihre kokett gespielte Frage und sah sie an. Für einen Moment sagte sie gar nichts. Lag einfach nur in seinem Griff und erwiderte seinen Blick. So als dachte sie über irgendetwas nach.

«Ja, jetzt hast du mich...», sagte sie leise.

Erst jetzt wurde Martin bewusst, was er da eigentlich tat. Erschrocken ließ er sie los und rappelte sich von ihr hoch.

«E-es tut mir leid», stammelte er, «ich wollte nicht...ich meine...ich hätte das nicht tun dürfen.» Er sah zu Boden.

Auch Helena hatte sich mittlerweile aufgerappelt.

«Ist schon gut.» Ihre Stimme klang sanft und obwohl ihr Martin nicht ins Gesicht sah, konnte er spüren, dass sie lächelte. «Ich weiß, dass du mir nichts tun wolltest.» Sie nahm seinen Arm. «Komm wir gehen zum Bock. Diesmal langsam».

«Okay», meinte Martin beruhigt, «es tut mir wirklich leid.»

«Alles gut», beruhigte ihn Helena fröhlich, «dafür musst du das Hinterteil tragen.»

Da lachten sie beide und setzten ihren Weg zur erlegten Beute fort.

Und ab diesem Tag gab es jeden Abend Wild zum Abendessen, was den Schmied sehr freute. Und auch für Martin war das Abendessen ab jetzt stets der Höhepunkt des Tages, denn Helena konnte das Wild so zubereiten, dass es sich anfühlte, als würde es auf der Zunge schmelzen. Dabei hinterließ es ein sattes, würziges Aroma auf der Zunge, das man nicht nur im Mund, sondern bis hinauf in den Bereich der Nase wahrnehmen konnte.

Nach dem Abendessen das fünften Tages seit seiner Ankunft, das Martin nach der harten Arbeit wie jeden Tag hinunterschlang, als hätte er seit Tagen nichts mehr gegessen, schickte ihn der Schmied mit seiner kleinen Lampe nach draußen. Die Rattenfallen, die der Schmied rings um das Haus aufgestellt hatte, mussten befüllt werden. Dabei handelte es sich um einfache Holzkisten, die mittels eines gabelförmigen Stöckchens gehalten wurden, an dem wiederum an einer Leine etwas Nahrung befestigt wurde. Zog nun eine Ratte etwas an dem Köder und brachte das Stöckchen zu Fall, schloss sich der Eingang der Kiste und die Ratte war gefangen. So konnte man sie am nächsten Tag erschlagen oder fortbringen, wie Helena es tat. Gedankenverloren füllte Martin die Falle hinter der Hütte, als ihn ein geflüstertes «Hey!» aus seinen Gedanken riss. Neben ihm stand Helena und grinste ihn frech an - ganz so, wie sie es bei ihrer ersten Begegnung getan hatte.

«Wo kommst du denn her?» Martin sah an der Hausfassade entlang. Hatte der Schmied sie geschickt? Das konnte er sich nicht vorstellen. Immerhin war Helena zuvor schon ins Bett gegangen.

«Von da oben!» Stolz deutete sie auf die kleine Öffnung in der Holzwand, auf deren Innenseite die Empore lag, auf der sie schlief.

«Ich klettere oft hier raus, um mir die Sterne anzugucken.» Sie schaute versonnen in den klaren Nachthimmel. «Es ist so schwer vorstellbar, dass Gott all diese Lichter dorthin gehängt hat und sie sich tagein tagaus um uns herumdrehen.»

«Wir drehen uns um sie...» Martin hatte nicht über diese Aussage nachgedacht - es kam einfach aus ihm heraus.

«Wie meinst du?» Helena legte den Kopf schief.

«Wir drehen uns um sie. Die Sonne ist ein Stern, wie alle diese Lichter hier, nur viel näher. Ein Stern ist eine große Kugel, die sehr heiß ist. Um diese Kugel drehen sich kleine Kugeln, die Planeten. Die Erde ist einer dieser Planeten und das da hier», Martin deutete auf ein helles Licht am Himmel, «das ist die Venus. Das ist auch so ein Planet.»

Helena sah ihn ungläubig an.

«Aber dann gibt es ja tausende von Planeten. Und der Mond nimmt zu und ab - wie soll das gehen, wenn er eine Kugel ist?»

Martin nahm ein paar Steine und erklärte ihr, wie der Mond sich um die Erde bewegte. Er erklärte ihr den Unterschied zwischen Sternen und Planeten und zeigte ihr anhand von verschieden großen Steinen, welche Entfernungen im Universum eine Rolle spielten.

Wie ein Schwamm sog Helena dieses Wissen in sich hinein - dann runzelte sie die Stirn.

«Wieso sagt der Priester in Messe, dass sich das gesamte Universum um uns herum dreht? Er hat doch an Schulen studiert. Wieso weißt du, was der Priester nicht weiß?»

«Ach» Martin seufzte. «Nehmen wir mal an, dass es wahr ist, was ich sage. Wenn wir Menschen nur ganz kleine Lebewesen auf einer kleinen Kugel in einem unendlichen Universum mit abertausenden an anderen Welten sind. Wie wichtig wäre der Mensch dann wohl?»

«Nicht besonders wichtig?», überlegte Helena.

«Und wie wichtig ist der Mensch, wenn es nach dem geht, was der Priester sonst erzählt?»

«Na, sehr sehr wichtig, weil der Mensch ja Gottes Schöpfung nach seinem Ebenbild ist. Darum hat er das Universum um uns herum gebaut.»

Ein Leuchten huschte über Helenas Augen, als sie verstand, worauf Martin hinauswollte, und sie zog den richtigen Schluss.

«Und wenn das wahr wäre, was du sagst - wenn man das tatsächlich beweisen könnte, dann wäre das, was der Priester all die Jahre erzählt hat, nicht richtig.»

Helena war wirklich scharfsinnig für ein Mädchen in dieser Zeit.

Martin nickte.

«Dann ist es eine Lüge, was der Priester sagt. Genauso eine Lüge wie das, was das

Kirchengericht über meine Mutter gesagt hat, bevor sie sie getötet haben», meinte Helena wütend. «Warum tut der Priester das?»

Martin seufzte erneut.

«Die Kirche hat immer schon alles Mögliche behauptet, um die Leute gefügig zu machen. Das begann schon in grauer Vorzeit und hörte erst nach der Aufklärung auf. Erst gegen 1800 musste die Kirche endlich einsehen, dass Gelehrte in vielen Punkten Recht hatten. Und auch danach noch hielt sie lange an ihren Weltbildern fest. Die Evolutionstheorie beispielsweise - wusstest du, dass die Kirche erst kurz vor dem Jahr 2000 anerkannt hat, dass der Mensch nicht so wie er ist, auf die Welt gesetzt wurde?»

Helena legte den Kopf schief.

«Was redest du da?»

Martin erschrak - hatte er tatsächlich vergessen, wo er sich befand? Hatte er gerade tatsächlich 300 Jahre Kulturgeschichte gegenüber einem Mädchen aus dem achtzehnten Jahrhundert vorweggenommen?

«Tut mir leid», meinte er knapp. «Vergiss es einfach.»

Helena schwieg.

«Du kommst von dort, oder?», fragte sie schließlich vorsichtig. «Aus dem Morgen. Aus der Zukunft. Du kommst daher, stimmts?»

Martin öffnete den Mund, um etwas zu entgegnen, doch sie war schneller.

«Du kommst hierher aus dem Nichts. Du hast seltsame Gegenstände von einer Art dabei, die noch keiner zuvor gesehen hat. Du weißt Dinge und kannst Dinge erklären, die heute niemand wissen kann.»

Martin schwieg - was sollte er auch sagen. Helenas Folgerungen waren ja alle richtig.

«Und du bist nicht freiwillig hier und findest nicht zurück, richtig?»

Verblüfft öffnete Martin den Mund.

«W-wie kommst du darauf?»

«Wenn du absichtlich hier wärst, wärst du vorbereitet - aber du hast keine Ahnung von diesem Ort. Du weißt nicht, wie man hier lebt und arbeitest bei Vater, um nicht zu verhungern oder zu erfrieren. Und dann gehst du weg und kommst verzweifelt und halbtot wieder. Wärst du absichtlich hier, hättest du Dinge dabei, die dir helfen. Du würdest wissen, wie du mit den Leuten hier reden musst und hättest Geld dabei, mit dem du hier bezahlen kannst.»

Helena schaute Martin erneut triumphierend an. Innerhalb kürzester Zeit hatte sie nicht nur seine Herkunft, sondern auch seine Situation korrekt abgeleitet. Martin war verblüfft.

Er wollte Helena gerade bitten, nichts von all dem weiterzuerzählen, als ein Gebrüll die Luft erfüllte.

Mit wutverzerrtem Gesicht kam der Schmied um die Hausecke gebogen und ehe sie sichs versah, packte er Helena und verpasste ihr eine Ohrfeige, die ihren Kopf nach links ausschlagen ließ - und noch eine. Und noch eine.

«Hört auf!» Martin sprang hervor und griff nach Theos Hand, die erneut nach vorn schoss. Wütend griff ihm der Schmied ihm an den Kragen und schleuderte ihn zu Boden.

«Du Hund!» Er schnaubte. «Ich hab dir vertraut! Hab dir geholfen! Und du - du hast mein Vertrauen schamlos ausgenutzt. Triffst dich hier nachts mit meiner Tochter. Ich werde dich grün und blau prügeln...»

«Vater!», schrie Helena auf. «Lass gut sein - er hat nichts gemacht. Ich bin zu ihm raus geklettert und er hat mir nur was über seine Heimat erzählt.» Sie klammerte sich an Theos Arm.

«Schau mich an, Vater. Schau mich an. Es ist alles gut. Wir haben nur geredet.»

Wütend betrachtete der Schmied seine Tochter, musterte sie von oben bis unten. Sah dann wieder zu Martin und musterte auch ihn.

«Nur geredet?» Er schien sich etwas zu beruhigen. Martin nickte stumm.

«Nur geredet, Vater...», beteuerte Helena. «Ich mache dir keine Schande, Vater.»

Theo brummte in seinen Bart, schien aber schon um einiges ruhiger.

«Darüber reden wir morgen. Rein mit dir ins Haus, Helena!» Er drehte sich zu Martin um.

«Und du, du schläfst in der Scheune, verstanden? Und wehe, ich sehe dich noch einmal in der Nähe meiner Tochter...»

Mit diesen Worten folgte er Helena ins Haus und ließ Martin allein draußen zurück.

Kapitel sechs

Am nächsten Morgen wachte Martin wie gerädert auf, lange bevor die Sonne über den abermals nebligen Wald im Osten aufging. Das gestrige Gespräch mit Helena war so etwas wie eine Zäsur in seinem Aufenthalt in dieser Zeit gewesen. Er hatte erkannt, dass er Dinge wusste, die sein Leben hier, aber auch die ganze Epoche, nachhaltig beeinflussen konnten. Theoretisch zumindest - wenn er es schaffte, nicht von rückständigen Dorfbewohnern oder allzu pflichtbewussten Klerikern am nächsten Baum aufgeknüpft zu werden.

Aber selbst, wenn er nicht die Epoche verändern konnte, so konnte er zumindest das Leben seiner unmittelbaren Mitmenschen verändern. Er dachte dabei zuallererst an Helena. Bald würde die Französische Revolution ausbrechen - das wusste er. Leider wusste er nicht viel mehr darüber und er verfluchte sich, dass er im Geschichtsunterricht nicht besser aufgepasst hatte. Er versuchte sich fieberhaft ins Gedächtnis zu rufen, was wohl hier in dieser Gegend an besonderen Vorkommnissen und Katastrophen in den nächsten Jahren anstehen würde. Die Aufklärung würde bald beginnen. Jene Zeit, in der man sich von den traditionellen Lehren der Kirche lossagte und der Erforschung neuen Wissens aufgeschlossener gegenüberstand.

Der Schmied rief ihn zum Frühstück. Und das freundlicher als erwartet. Anscheinend hatte der Schlaf seine Wut zumindest teilweise verrauchen lassen. Martin erhob sich mühsam, streckte seine schmerzenden Glieder und folgte dem Schmied ins Haus.

Helena hatte einen warmen Haferbrei zubereitet und sogar noch etwas Fallobst hineingeschnitten. Es duftete verführerisch süß und Martin lief das Wasser im Mund zusammen. Helena hingegen sah schlimm aus - ihr Gesicht war geschwollen und unter ihrem rechten Auge bildete sich ein dunkler Bluterguss, der sich fast bis zur Nase zog. Martin hätte Theo am liebsten seine Faust in den Magen gerammt, so wütend wurde er angesichts dieser Spuren. Doch selbst diese Blessuren schienen Helena nicht ihren natürlichen Frohsinn nehmen zu können.

«Guten Morgen, Martin», lächelte sie ihn an und stellte eine dritte Schüssel Brei auf den Tisch.

«Morgen.» Martin musterte Theo vorsichtig als erwartete er, dass dieser jeden Moment einen Wutanfall bekommen würde, doch der Schmied blieb ruhig.

«Ich habe nachgedacht», meinte Theo schließlich, als sie am Tisch saßen, «Du bist bald siebzehn Jahre alt, Helena, und damit eigentlich schon in einem Alter, in dem du einen Mann und Kinder haben solltest.»

«Vater, aber ich...», erhob Helena ihre Stimme, doch er bedeutete ihr zu schweigen.

«Ich denke, ich habe dich zu sehr behütet. Ich habe dich von allem ferngehalten, was das Leben einer Frau ausmacht.»

Er goss etwas heißes Wasser in seinen Becher und rührte darin herum. Scheinbar fiel es ihm schwer, das zu sagen, was er sagen wollte.

«Seit dem Tod deiner Mutter warst du alles für mich - alles was ich hatte. Und wenn du geheiratet hättest, dann wäre ich - ja, dann wäre ich allein hiergeblieben. Allein in dieser Schmiede, ohne einen Menschen, den ich liebe und ohne einen Menschen, der mich liebt. Ich hatte Angst vor diesem Tag - verstehst du?»

Er zwang sich, seiner Tochter in die Augen zu sehen. Eine Träne glitt Helenas Wange hinunter und auch Theos Augen wurden feucht.

«Aber es ist nicht Recht, dass ich dich hier einsperre. Der Adler kann in Gefangenschaft nicht überleben. Er muss seiner Bestimmung folgen und frei sein. Du bist genauso. Wenn ich dich hier einsperre und dir jeden Umgang mit anderen untersage, kannst du nicht dem Folgen, was die

Natur für dich vorgesehen hat. Es tut mir leid, dass ich das erst jetzt erkenne.»

«Oh Vater...» Sichtlich gerührt stand Helena auf und umarmte den Schmied und für einen Moment schien es so, als hätten beide ihren Frieden mit der schmerzhaften Vergangenheit gemacht.

«Ich werde immer deine Tochter bleiben - das weißt du doch.»

«Ja, das weiß ich.» Der Schmied wischte sich die Augen. «Am Sonntag gehe ich zum Müller und werde seinem Ansinnen nachgeben. Der Johann, sein Sohn, hat ja schon lang ein Auge auf dich geworfen - der wird sich freuen. Und Sorgen kann er für dich auch. Wenig wird er nicht von seinem Vater erben als ältester Sohn.»

Helena erstarrte.

«Der Johann?»

Der Schmied nickte zufrieden.

«Gleich am Wochenende sollt ihr euch verloben und im Frühjahr werde ich das Aufgebot bestellen.»

«Niemals heirat ich den Johann!», fuhr Helena auf. «Niemals in tausend Jahren!»

Der Schmied schaute verwirrt auf.

«Was soll das heißen? Eine bessere Partie findest du von München bis Augsburg nicht. Natürlich heiratest du den Johann. Wen denn sonst?»

Helena blickte reflexartig einen Moment zu Martin. Einen kurzen Moment - doch lange genug, dass der Schmied seine mächtige Faust einmal mehr auf den Tisch niedersausen ließ, so dass Schalen und Becher lautstark über die Tischplatte rollten und krachend zu Boden fielen.

«Also doch!», polterte er los. «Ich wusste es!»

«Aber Vater...»

«Schweig, Mädchen! Am Wochenende wirst du mit dem Johann verlobt und fertig. Und du, Bursche, mach dass du rauskommst! Sehe ich dich noch einmal um mein Haus herumlungern, schlage ich dich zu Brei. Ein dahergelaufener Hund wie du wird niemals meine Tochter bekommen, das schwöre ich bei der Seele meiner verstorbenen Frau!»

«Vater!» Helena sprang auf.

Doch einmal mehr sauste seine große Pranke in Helenas Gesicht. Diesmal so fest, dass das Mädchen zu Boden fiel. Ein blutiges Rinnsal entsprang ihrer aufgeplatzten Lippe, als sie wieder hochsah.

«Das wars!», flüsterte sie. «Mich siehst du nie wieder!»

«Das werden wir ja...» Weiter kam der Schmied nicht, denn Helena hatte das Obstmesser, das auf dem Tisch lag, gegriffen und hielt es ihrem Vater entgegen.

«Keinen Schritt weiter!», drohte sie und stand langsam auf.

Langsam ging sie rückwärts zur Tür. Den Schmied immer im Auge behaltend, schlüpfte hindurch und rannte, was ihre Beine hergaben in Richtung Wald.

Martin stürzte zur Tür und sah sich gerade noch im Gestrüpp des Waldrandes verschwinden.

«Was sollen wir tun? Soll ich hinterherlaufen?»

Aufgeregt drehte sich Martin zu Theo um. Doch dieser schüttelte nur den Kopf.

«Aber du hast selbst gesagt, dass es im Wald nicht sicher ist. Als ich versucht habe, hier wegzukommen, habe ich dort Männer gesehen.»

«Die kommt schon wieder», brummte der Schmied, setzte sich wieder an seinen Platz und begann mit starrem Blick seinen Haferbrei in sich hineinzuschaufeln.

«Machst du dir denn gar keine Sorgen?»

Der Schmied atmete tief durch.

«Wieso bist du immer noch hier?», fragte er eintönig.

Martin glaubte seinen Ohren nicht zu trauen.

«Wieso ich noch hier bin? Weil Helena gerade...»

«Du wirst jetzt deine Sachen nehmen und gehen», unterbrach ihn der Schmied mit ruhiger Stimme, «und wenn du noch da bist, wenn meine Schüssel hier leer ist, schlage ich dich tot.»

Martin wollte etwas erwidern, doch als der Schmied anfing, sich wieder seinem Frühstück zuzuwenden, schnaubte er lediglich und griff sich die wenigen Dinge, die er noch besaß, sowie einen Laib Brot aus den Vorräten der Schmiede und einen Schlauch Wasser.

Sollte Theo ihn doch daran hindern, wenn er das nicht wollte, aber ohne Nahrung würde er nicht weit kommen. Ohne Theo eines Blickes zu würdigen, verließ er das Haus, nahm die grobe Decke, die ihn letzte Nacht warmgehalten hatte und verließ den Hof der Schmiede in Richtung Wald. Dorthin wo Helena verschwunden war. Wenn der Wirt nicht nach ihr suchen wollte, so würde er es eben selbst tun.

Die Dornen am Waldrand waren dicht und bohrten sich in Martins Beine. Wie Helena hier wohl durchgekommen war? Zerkratzt und blutig erreichte er schließlich die andere Seite des Gestrüpps.

Das dichte Dach aus Nadeln und Blättern über ihm ließ nicht viel Licht hindurch, und so war es nun hauptsächlich ein Gemisch aus toter Rinde und feuchtem Moos, das nun unter seinen Sohlen knirschte.

Eigentlich müssten Helenas Fußspuren hier deutlich zu sehen sein. Martin sah sich konzentriert um, doch der Wald wirkte komplett unberührt. Das war seltsam, denn selbst wenn man vorsichtig ging, müsste man eigentlich Spuren hinterlassen - oder zumindest etwas plattgedrücktes Moos oder ein paar gebrochene Zweige. Hier war jedoch überhaupt nichts. Der Wald erschien gänzlich unberührt.

Was nun? Sollte er einfach gehen? Helena kannte den Wald sicher besser als er. Würde sie auf sich aufpassen können, wie der Schmied es meinte?

Martin erinnerte sich an die finsteren Gestalten, die er auf seiner Suche nach einem Heimweg beobachtet hatte. Wenn Helena in die Fänge dieser Kerle geriet - nein, das wollte er nicht!

Er beschloss, von dem Punkt aus, an dem er stand, immer größer werdende Kreise zu gehen. Helena mochte sich vielleicht unauffällig und schnell im Wald bewegen können, aber selbst der vorsichtigste Mensch machte irgendwann einen Fehler. Und wenn sie Spuren hinterlassen hatte, so würde er auf diese Weise früher oder später auf diese stoßen.

Mit neuem Mut begann er seine systematische Suche. Anfangs kam er sich lächerlich vor. Die Kreise, die er zog, waren so klein, dass er von einer Seite des Kreises mit Leichtigkeit zur anderen Seite sehen konnte. Doch schon bald wurde es schwerer und schwerer, die Richtung beizubehalten. Ob es tatsächlich Kreise waren, die sein Weg durch den Wald bildete, konnte Martin längst schon nicht mehr sagen und irgendwann hatte er das Gefühl, immer wieder denselben Kreis zu laufen. Alles wirkte gleich. Auch wusste er nicht, ob es sich bei dem ein oder anderen abgebrochenen Ast tatsächlich um eine Spur von Helena handelte, oder ob er sich nicht eher selbst nachspürte. Als er an einem Findling vorbeikam, den er mit Gewissheit schon einmal passiert hatte, verließ ihn vollends der Mut und er setzte sich resignierend auf den etwa kniehohen Felsbrocken.

Was nun? Helena würde er auf diese Weise nicht finden. Und hinaus aus dem Wald würde er auf diese Weise ebenfalls nicht mehr kommen. Für einen Moment überlegte er, ob er auf einen der Bäume klettern sollte, um sich einen Überblick zu verschaffen, doch keiner der hohen Tannen und Fichten um ihn herum schien hierfür geeignet zu sein - außerdem war er noch nie gerne auf Bäume geklettert. Er kam zu dem Schluss, dass es wohl am besten war, einfach stur in eine Richtung zu laufen und zu hoffen, dass er irgendwann das Ende des Waldes oder zumindest einen Weg oder Pfad finden würde, der zu einem Ziel führte.

Er wollte sich gerade von dem Stein erheben, als sich eine Hand auf seine Schulter legte. Erschrocken fuhr er herum und riss reflexartig seinen Arm nach oben, bevor er innehielt. Vor ihm stand Helena. Wie schon das erste Mal, als sie ihm im Wald begegnet war, lächelte sie ihn aus strahlenden, blauen Augen an. Martin hätte sie fast umarmt, so erleichtert war er und für einen kurzen Moment schien es, als hätte sie es sich in diesem Moment sogar gewünscht.

«Helena! Gott sei Dank!»

«Ich konnte dich ja schlecht noch länger hier herumrennen lassen», meinte Helena. «Weißt du, etwas weiter dort hinten lagert eine Gruppe Geächtete. Wenn du weiter gegangen wärst, wärst du direkt in ihr Lager gelaufen - und was die wohl mit dir gemacht hätten...»

«Du hast mich gesehen? Wie ich nach dir gesucht habe?»

«Ja», antwortete sie und ihr Lächeln erstarb, «aber ich komme nicht zurück. Das kannst du Vater sagen.»

Ihre Stimme nahm einen trotzigen Ton an.

«Bevor ich den Müller Johann heirate, bleib ich hier im Wald, das sag ich dir, und versuch nicht, mich zu zwingen. Du findest eh nicht mehr heim...»

«Ich will dich gar nicht zwingen», entgegnete Martin. «Dein Vater hat mich rausgeschmissen. Wenn ich nochmal zu eurem Haus komme, wird er mich töten, hat er gesagt. Ich soll verschwinden und niemals wiederkommen. Aber ich konnte dich doch nicht hier alleine lassen im Wald.»

«Du hast dir wirklich Sorgen um mich gemacht?» Helena schaute Markus aus großen Augen an. Aber du kennst mich doch erst so kurz...»

«Na und?», erwiderte Martin. «Immerhin sollst du ja meinetwegen diesen Johann heiraten. Hätte ich gestern nicht so lange mit dir über die Sterne geredet, sondern dich zurück ins Haus geschickt, wärst du jetzt nicht hier. Ich habe mich schuldig gefühlt.»

Helena überlegte.

«Wieso hast du mich denn gestern nicht zurückgeschickt?»

«Weil...» Martin zögerte. «Ich glaube, weil ich es irgendwie genossen habe, mit dir darüber zu reden. Es tut gut, mit jemandem zu reden, der offen dafür ist...» Martin rang nach Worten, «...offen dafür ist, die Welt so zu sehen, wie ich sie kenne und nicht so, wie die Leute hier sie sehen. Und außerdem...» Martin stockte erneut.

«Was, außerdem?»

«Außerdem mag ich dich. Irgendwie.» Martin sah zu Boden.

Für einen Moment war da wieder diese Stille, wie schon am ersten Tag, als er und Helena am Hackblock standen. Diese quälende Leere an Handlung, die geradezu danach rief, gefüllt zu werden.

Es war Helena, die die Stille als Erste brach. Rasch griff sie nach Martins Hand und lief los.

«Komm mit!», rief sie fast enthusiastisch. «Ich zeig dir was!»

Mit Müh und Not schaffte es Martin, Schritt zu halten und nicht zu stolpern, so schnell und gewandt lief sie über den unebenen Waldboden.

«Hey, langsam, wo bringst du mich hin?»

«Wart ab!», rief sie.

Nicht mehr lange und Martin hätte nach einer Pause fragen müssen, so schnell war sie mit ihm im Schlepptau durch den Wald gelaufen, als sie endlich vor einem dichten, übermannshohen Gebüsch anhielt.

«Und nun?», fragte Martin außer Atem.

«Wart ab!», sagte Helena erneut und lachte. Dabei bog sie ein paar Zweige des vor ihnen liegenden Dickichts beiseite. Zu Martins Erstaunen öffnete sich direkt vor ihnen ein Durchlass. Eine Art Tunnel zwischen den dichten, teilweise mit Dornen bewachsenen Zweigen, scheinbar mühsam Zweig für Zweig hinein geschnitten in das unwegsame Gestrüpp. Einige Schnitte schienen älter, andere Zweige schienen erst kürzlich zurückgeschnitten worden zu sein, denn die Schnittstellen schimmerten noch grünlich frisch.

«Das habe ich gemacht, nachdem sie Mutter geholt haben», erklärte Helena. «Ich hatte Angst davor, dass sie mich auch einmal holen werden und wenn sie kommen, dann kann ich mich hier verstecken. Seitdem sorge ich dafür, dass es nicht zuwächst. Nicht einmal Vater kennt diesen Durchgang.»

«Aber es ist schön, ihn jemandem zu zeigen», fügte sie leise hinzu und nahm wieder Martins Hand in die Ihre.

«Komm mit.»

Kapitel sieben

Etwa zwanzig Meter kroch Martin hinter Helena
her. Immer wieder musste er sich auf dem Boden
abstützen, denn der Hohlweg, den Helena
mühevoll in das Dickicht geschnitten hatte, war
gerade groß genug für ein zierliches Mädchen.
Martins Beine begannen gerade taub zu werden,
als sich die Ranken links und rechts lichteten und
den Blick auf eine in goldenes Sonnenlicht
getauchte Lichtung freigaben, in deren Mitte eine
einzelne, riesige Buche in den Himmel ragte.
Mit Erstaunen erkannte Martin, dass rings um den
Stamm des mächtigen Baumes eine Vielzahl an
langen Ästen säuberlich nebeneinander gelehnt
wurden, die mit Moos und Schindeln aus Gras
belegt wurden. Martin hatte als Kind mit Freunden
auch öfters diese Art von Hütten im Wald gebaut,
aber nie waren diese Hütten richtig gut geworden
und sobald es regnete, liefen sie stets eilig nach
Hause, statt Schutz in ihren Bauwerken zu
suchen. Diese Hütte schien groß und geräumig
und Martin zweifelte nicht daran, dass die dicke
Schicht aus Moos auch schweren Regenfällen
standhalten würde. Eine kleine Feuerstelle aus
faustgroßen Steinen war davor errichtet worden
und an einigen Ästen hingen löchrige Säcke - wohl

zur Aufbewahrung von Nahrungsmitteln, wie Martin es aus Abenteuerfilmen kannte. Und überall rings um die Lichtung, wuchs diese dichte, undurchdringliche Hecke, die er und Helena eben durchquert hatten.

«Willkommen auf meinem Schloss», lachte Helena und zog Martin weiter zur Hütte hin. Martin erkannte vage durch den schmalen Eingang der Behausung, dass sich auch in deren Inneren selbstgebaute Einrichtungsgegenstände befanden und dass der Boden mit einer dichten Schicht trockenen Strohs ausgelegt war.

Erstaunt sah er Helena an.

«Das hast alles du gebaut?»

«Ja», sagte Helena stolz. «Das ist mein Versteck. Niemand kennt es außer mir - und jetzt kennst du es auch. Komm, da hinten ist mein Lieblingsplatz.» Aufs Neue nahm Helena Martins Hand und zog ihn hinter die kleine Hütte. Trotz des beginnenden Herbstes stand die Wiese hier immer noch in voller Blüte und Klee, Margeriten, Hahnenfuß und Löwenzahn zeichneten ein buntes Mosaik auf den Boden der Lichtung. Helena lachte, ließ sich rückwärts ins Gras fallen und starrte in den Himmel. Ihr Brustkorb hob und senkte sich, als sie langsam wieder zu Atem kam.

«Komm her!», forderte sie Martin auf, es ihr gleich zu tun und sich ins Gras zu legen. Martin folgte ihrer Bitte und lies sich neben ihr nieder.

Es war warm für die Jahreszeit und die Wolken zogen über sie hinweg.

«Hier habe ich niemals Angst», sagte Helena leise.

«Vor den Männern, die deine Mutter geholt haben?»

«Auch - aber auch vor denen, die zu uns in die Schmiede kommen und mich wegholen wollen.»

«Dich wegholen?»

«Ja. Es kommen oft welche, die mich für ihre Söhne zur Frau wollen. Die Tochter des Schmieds - das ist eine gute Partie, sagen sie. Und dann schauen sie mich an, als ob ich ein Vieh auf dem Markt wäre - so von oben bis unten.» Helena nickte theatralisch mit dem Kopf.

«Verstehe...», meinte Martin, «und dein Vater würde dich nicht selbst wählen lassen?»

Helena verzog den Mund.

«Wen denn? Ich mag keinen von denen im Dorf. Die sind alle dumm. Und alle haben sie gejubelt als Mama geholt wurde.»

Beide schwiegen und starrten eine Wolke an, wie sie sich lang und länger streckte, bevor sie sich schließlich in zwei Wolken teilte.

«Martin?», fragte Helena schließlich.

«Was ist denn?»

«Darf ich das?»

«Was?»

«Das.»

Helena drehte sich zu ihm, öffnete leicht den Mund und gab Martin einen flüchtigen Kuss auf die Lippen. Martin starrte sie überrascht an. Ihre erwartungsvoll forschenden Augen, so nahe an den seinen. Die rotblonde Strähne, die sich quer über ihr Gesicht zog. Die kleinen Sommersprossen auf der hellen Haut ihrer Nase.

Er wollte nicht, dass sie unglücklich war, wollte sie vor all dem beschützen. Es war nicht fair, dass ein Mädchen dieser Zeit ihr Glück nicht selbst in die Hand nehmen durfte. Es war...

«Entschuldige», flüsterte sie und wollte ihren Kopf zurückziehen, doch Martin griff über ihre Schulter und zog sie wieder an sich heran. Und wieder war da dieser Moment, der sich danach verzehrte, dass einer von ihnen endlich etwas tat - der danach hungerte, dass etwas passierte. Und diesmal passierte es. Helena öffnete erneut ihre Lippen und küsste Martin aufs Neue. Und diesmal erwiderte Martin ihren Kuss. Zunächst zaghaft, dann fordernd und schließlich küssten sie sich so leidenschaftlich, als ob sich ein schon immer dagewesener Plan endlich erfüllen würde.

Nach vielen Momenten hielt Helena inne und zögerte. Dann nahm sie Martins Hand und führte sie auf ihre linke Brust. Sie fühlte sich warm an und Martin konnte ihr Herz aufgeregt schlagen spüren.

«Bitte...», hauchte sie.

«Bist du sicher?» Martin zögerte. «Ich weiß nicht, ob...»

«Ich weiß auch nicht.», unterbrach sie ihn. «Ich weiß nicht, was kommt. Ich weiß nicht, wo ich hingehen werde. Ich weiß nicht, ob ich zurückgehen werde. Ich weiß nicht, ob ich nächste Woche vielleicht schon verlobt bin. Ich weiß nicht, was kommen wird, aber ich weiß, dass ich mir aussuchen möchte, wer mich zur Frau macht.»

Sie klang bestimmt. «Wenigstens dieses eine Mal, will ich wählen dürfen. Dieses eine Mal, soll es der sein, den ich will.»

Sie machte eine kurze Pause.

«Und ich will dich, Martin. Ganz bestimmt.»

Da gab Martin seinen Widerstand auf, lehnte sich zurück und ließ es geschehen.

Lange lag sie danach schweigend auf seiner Brust und sie genossen den Moment, der ihnen im Heute blieb, bevor sie sich Gedanken um Morgen machen mussten. Würde sie zurückgehen? Etwas anderes konnte sie eigentlich nicht tun. Eine mittellose, unverheiratete junge Frau hatte in dieser Zeit sicher nicht viel zu erwarten. Wenn sie es überhaupt bis in den nächsten Ort schaffen würde. Sicher, im Wald kannte sie sich aus, aber trotzdem lauerten hier an jeder Ecke Gefahren. Und wenn nicht hier, dann eben im nächsten Dorf.

Wahrscheinlich war es wirklich das Beste, wenn sie zurückging, sich bei ihrem Vater entschuldigte und sich mit dem jungen Müller verloben ließ. Dann hatte sie immerhin ein Auskommen, ein Dach über dem Kopf und nachts ein warmes Bett - ein Bett, dass sie mit einem Mann teilen musste, den sie nicht mochte. Den man ihr aufgezwungen hatte. Martin wurde wütend. Das hatte sie nicht verdient. Helena hatte Besseres verdient. Helena hatte ihn verdient.

«Darf ich mit dir kommen, Martin?» Helena schien im selben Moment zum gleichen Schluss gekommen zu sein wie er.

«Mit mir?»

«Ja.» Helena rappelte sich hoch und sah ihn an. «Wenn ich mir einen Mann aussuchen könnte, dann wärst du es. Mit dir kann ich reden. Bei dir fühle ich mich beschützt - mehr noch, ich fühle mich sicher. Du würdest nie etwas tun, das ich nicht will. Dir vertraue ich, Martin. Kannst du mich nicht mitnehmen? Ich werde dir auch ganz bestimmt eine gute Frau sein.»

Überrascht sah er sie an.

«Mir eine gute Frau sein?», wiederholte er ihre Worte.

«Ja, ich kann mir keinen besseren Mann vorstellen.»

Hatte sie ihm gerade einen Heiratsantrag gemacht? Sicher, in dieser Zeit war es nicht üblich, dass man damit Monate oder gar Jahre wartete.

«Ich weiß nicht...», wollte Martin sagen, aber seine Stimme versagte. Diese großen tiefblauen Augen, dieser Funke der Hoffnung, der in ihnen wohnte. Er durfte ihn nicht zerstören. Diesen Moment zu sehen, in dem dieser kleine Funke erlosch, hätte Martin nicht ertragen. Niemals! Das durfte nicht geschehen. Und er, Martin, würde dafür sorgen, dass es nicht geschah.

«Ja», sagte er. «Ja, ich nehme dich mit.»

Helena öffnete den Mund, sagte aber nichts.

«Ich nehme dich mit als meine Frau.»

Tränen begannen über Helenas Gesicht zu rinnen und mit einem Mal warf sie sich Martin an den Hals und schluchzte, als ein Leben voller Unsicherheit und Angst mit einem Mal von ihr abfiel.

Eine erneute Ewigkeit lagen sie einfach nur beieinander, als Helena schließlich das Wort ergriff.

«Wohin werden wir gehen?»

«Ich weiß es nicht - vielleicht nach München. Dort hat es eine Hochschule. Vielleicht kann ich dort arbeiten - immerhin habe ich einen Wissensvorsprung von dreihundert Jahren.»

Martin lachte leise und Helena grinste ebenfalls.

«Erzählst du mir davon?»

«Von der Zukunft?»

«Ja. Ich will alles wissen - von den Sternen, von den Sachen, die du dabeihattest, als du kamst und wie man dort lebt, wo du herkommst.»

«Ich werde es dir erzählen. Der Weg wird lang», meinte Martin. «Warte, ich habe etwas für dich.»

Martin griff an seinen Hals und löste den Verschluss seiner Kette. Er hatte sie von seinem Großvater bekommen, der sie wiederum von seinem Vater erhalten hatte. Es war eine schlichte

Kette. Der silberne Anhänger bildete einen einfachen, etwa daumenbreiten flachen Quader, dessen Unterseite etwas schräg verlief. Er hatte seinen Großvater sehr geliebt und seit seinem Tod vor zehn Jahren hatte er diese Kette niemals abgelegt. Bis zum jetzigen Zeitpunkt.

Er stich Helenas Haar beiseite und legte ihr das Schmuckstück um.

«Das ist das Wertvollste, was ich besitze», meinte Martin. «Nimm sie als Geschenk anstelle eines Ringes.»

Helena strahlte und hielt glücklich ihre Hand an ihre Brust, um das kostbare Geschenk zu erfühlen.

«Danke», hauchte sie und küsste Martin aufs Neue.

«Wir sollten gehen.» Martin schaute in den Himmel. Es wurde bereits Nachmittag.

«Wir sollten bleiben», entgegnete Helena. «Heute schaffen wir es nicht mehr bis nach Vreching. Lass uns heute Nacht hierbleiben und morgen in der Früh aufbrechen.»

Helena stand auf und ging zu ihrer Hütte. Er folgte ihr. Und als sie schließlich in seinem Arm einschlief, erkannte er, dass jeder Ort im unendlichen Gefüge aus Raum und Zeit der Richtige sein konnte, wenn das Herz diesen Ort zur Heimat ernennt.

«Kalt» war das Erste, was Martin durch den Kopf schoss, als er schließlich erwachte - daran änderte auch das Sonnenlicht nichts, dass sich rötlich durch die geschlossenen Lider seiner Augen presste.

«Eiskalt.»

Martin fröstelte und tastete mit der Hand nach etwas Stroh oder nach der groben Decke, mit der ihr Unterschlupf ausgestattet war.

«Nass. Nasses Gras.» Seine Hand strich durch nasse Halme und schlammige Erde. Und nicht nur seine Hand war nass. Seine Kleidung schien ebenfalls nass und klamm zu sein, wie er bei jeder Bewegung leidvoll feststellte. Aber wie konnte das sein? Regen hatte sich am Abend zuvor nicht angekündigt und selbst wenn - in Helenas Unterschlupf wären sie gewiss vor solchem Wetter geschützt gewesen.

«Helena!» Martin riss die Augen auf und war mit einem Schlag hellwach. Er war allein. Allein auf einer Wiese. Kein Unterschlupf und kein Baum war zu sehen. Nicht einmal der Wald oder die Hecke - und auch keine Helena.

Erschrocken setzte er sich auf und versuchte sich zu orientieren. Er saß auf einer grasbewachsenen Anhöhe, die sich mehrere hundert Meter in jede Richtung erstreckte. Einige Dutzend Meter links von ihm grasten mehrere Kühe.

«Helena?» Martins Stimme klang krächzend. Die Kälte der Nacht hatte ihm merklich zugesetzt.

«Helena?», rief er schließlich lauter und sichtlich verwirrt. Doch keine Antwort. Was war nur passiert?

Orientierungslos blickte Martin von der kleinen Anhöhe ins Tal. Die Straßenbeleuchtung des Ortes wurde gerade ausgeschaltet und auf einer Ausfallstraße bildete sich ein kleiner Stau.

«Berufsverkehr», vermutete Martin.

Berufsverkehr! Martin wurde schwindelig. Er sah Berufsverkehr. Berufsverkehr! Das bedeutete, er war nicht mehr im Jahr 1721. Er war wieder hier, in der Gegenwart. Er kniff die Augen zusammen. Eine kleine Fabrik. Das gelb-blaue Licht einer Supermarktkette. Kein Zweifel - er war dort, wo er hergekommen war - oder zumindest in einer ähnlichen Zeit.

«Helena!», schoss es Martin erneut durch den Kopf. Panisch sah er in alle Richtungen. Nichts. War sie auch hier? Und wenn ja, wo war sie? Nichts deutete darauf hin, dass sie hier gewesen war. Keine Spuren, kein plattgetretenes Gras. Nichts.

«Helena!» Seine Stimme überschlug sich.

Keine Antwort. Martin sprang auf.

War vielleicht alles nur ein Traum gewesen? Vielleicht war er hier auf dieser Weide gestürzt und hatte sich alles, was passiert war, in seiner Ohnmacht nur zusammenphantasiert.

Er sah an sich hinunter und sah die Kleidung, die ihm Theo, der Schmied, gegeben hatte. Prüfend fühlte er den groben harten Stoff. Kein Zweifel - die Kleidung war echt. Das Jahr 1721 war echt. Und Helena? Erneut sah er sich um, doch ein Kloß bleierner Traurigkeit bildete sich in seinem Hals,

als er erkannte, was allen Anschein nach passiert sein musste.

Die Zeit hatte ihn wieder hierhergeholt. Allein. Ohne Helena. Und Helena? Die steht nun wahrscheinlich allein vor ihrem Unterschlupf und weiß nicht, wo er war.

Oder besser «stand vor ihrem Unterschlupf». Genau hier - an dieser Stelle. Vor etwa dreihundert Jahren. Das war dreihundert Jahre her!

Verzweifelt griff sich Martin ins Haar. Was bedeutete das nun für Helena - oder was hatte es bedeutet. Er hatte ihr versprochen, mit ihr fortzugehen. Fort in ein besseres Leben und nun wachte sie auf und war allein. Was sie wohl gedacht haben musste? Hatte sie geahnt, dass die Zeit ihn einmal mehr entrückt hatte? Hatte sie geglaubt, dass er kalte Füße bekommen hatte und sich nachts weggeschlichen hatte?

Und was hatte sie getan? Ist sie allein weiter gegangen? Oder ist sie in die Schmiede zurückgekehrt, wo sie den Sohn des Müllers heiraten musste.

Martin konnte nicht mehr. Das alles war zu viel. Verzweifelt sank er auf seine Knie und brüllte, so laut er nur konnte. Wieder und wieder - bis kein Laut mehr aus seiner Kehle kam.

Kapitel acht

Martin lag in seinem Bett und starrte die Zimmerdecke an. Leer wie diese Zimmerdecke – ja, genau so fühlte er sich. Eine Woche war es nun her, seitdem er von einem Bauern auf dieser Wiese gefunden worden war und noch immer fühlte er sich leer.

Immer wieder hatte er den Wald durchstreift in der Hoffnung, er würde erneut durch die Zeit reisen können oder in der Hoffnung, Helena doch noch zu finden. Doch nichts davon war geschehen. Er war im heutigen Tannenhofen gewesen. Er hatte die alte Schmiede an einer Stelle gesucht, an der sich heute ein Parkplatz befand. Er hatte die Leute auf den Straßen dort nach Helena gefragt, hatte nach der Schmiede gefragt und auch, ob es hier einmal einen Schmied namens Theo gegeben hatte, doch er erntete hauptsächlich Argwohn, was er auch ein wenig verstehen konnte. Lediglich ein alter Bauer konnte erzählen, dass sein Großvater wohl einen alten schmiedeeisernen Pflug in seiner Scheune stehen hatte, der wohl hunderte Jahre alt gewesen sein musste und angeblich hier im Ort gefertigt wurde. Aber auch diesen Pflug gab es heute längst nicht mehr.

Als er nach drei Tagen schließlich mit einem Gefühl der Machtlosigkeit nach Hause gefahren war, hatte er natürlich sofort angefangen, im Internet nach einer Helena oder einem Theo in Thannenhofen zu recherchieren, doch auch dies blieb weitgehend ergebnislos. Lediglich in Zusammenhang mit einigen Hexenprozessen wurde der Ort genannt - zu Martins Beruhigung aber nicht mehr für die Zeit nach 1720. Er hoffte so sehr, dass Helena nichts dergleichen zugestoßen war.

«Die Kette.» Martin lächelte. Zumindest die hatte er ihr gegeben. So wusste sie zumindest, dass er nicht den Plan gehabt hatte, sie einfach sitzen zu lassen, nachdem sie sich auf dieser Lichtung geliebt hatten.

«Nun ist die Kette also irgendwo im Jahr 1721», sinnierte er. «Und wer weiß - vielleicht hatte Helena ja Kinder. Und vielleicht hatte sie diese Kette auch an ihre Kinder und Enkelkinder weitergegeben, so wie es sein Großvater mit seiner Kette gemacht hatte. Und irgendwo gab es dann vielleicht in der Gegenwart jemanden, der diese Kette von seiner Mutter oder seinem Vater bekam - oder von seinem Großvater...»

Schlagartig setzte sich Martin auf und sein Unterkiefer klappte nach unten, als sich in ihm ein schier unglaublicher und fast schon unmöglicher Verdacht erhärtete.

Konnte es sein, dass die Kette, die er von seinem Großvater erhalten hatte, dieselbe Kette war, die Helena vielleicht an ihre Kinder weitergegeben hatte. Sicher musste es so sein, Helena hatte ja nur diese eine Kette von ihm. Wenn sie also so eine Kette weitergegeben hatte, dann diese.

Aber - und das war das eigentlich Unerhörte - war umgekehrt die Kette, die Helena weitervererbte vielleicht dieselbe, die sein Großvater ihm vererbt hatte?

Martins Gedanken drehten sich im Kreis, als er versuchte, diesen Schluss mit sämtlichen Gesetzen der Logik zu konfrontieren.

«Wenn es dieselbe Kette sein sollte, wer hatte sie dann gemacht?», fragte er sich. Helena hatte sie von ihm bekommen und er wiederum von seinem Großvater, der sie wiederum von seinen Eltern bekommen hatte, deren Vorfahren sie wiederum von Helena bekommen hatten - ohne dass sie je produziert worden wäre.

Martin versuchte gerade noch sich den Weg der Kette durch die Zeit vorzustellen, als sich in ihm erneut eine schlagartige Erkenntnis offenbarte.

Angenommen, die Kette wurde tatsächlich von Helena an ihre Kinder vererbt, die sie dann wieder an ihre Kinder weitergaben - wenn das so war und wenn die Kette auf diese Weise tatsächlich den Weg zu ihm gefunden hatte - bedeutete das dann nicht, dass seine gesamte Familie und damit auch er selbst in direkter Linie von Helena abstammten?

Sein Nachname 'Schmitt' ging ihm durch den Kopf. Theo war Schmied. Konnte es sein, dass sich der Name so über die Jahrhunderte verändert hatte? Dass er ein Urururenkel von 'Helena Schmied' und diesem Müllerssohn Namens Johann war, den sie am Ende vielleicht heiraten musste. Aber dann würde er wohl eher Müller heißen, oder?

Und wenn sie den Müller niemals geheiratet hatte? Wenn sie Theo hatte überreden können, seine Pläne sie betreffend zu ändern? Oder wenn der Müllerssohn sie nicht mehr gewollt hatte, weil sie nicht mehr jungfräulich war? Aber woher hätte der Müller wissen können, was auf jener Lichtung passiert ist - es sei denn, sie war...

Nein, dieser Gedanke schien ihm zu absurd. Aber wenn es so war? Wenn Helena auf dieser Lichtung von ihm, Martin, schwanger geworden war und deshalb unverheiratet blieb und wenn die Kette tatsächlich über die Generationen den Weg zu ihm fand, dann würde das doch bedeuten, dass er selbst es war, der seinen Zweig des Stammbaums damals mit Helena begründet hatte. Dann wäre er sein eigener Vor- und Nachfahre gleichzeitig.

Martin verzog den Mund, so absurd war dieser Gedanke. Aber ganz fortwischen konnte er ihn trotzdem nicht.

Ob Helena es wohl geahnt hatte? Ob sie demselben Gedankengang gefolgt war? Sie war schlau, das wusste er. Vielleicht war es kein Zufall, dass die Kette zu einem Erbstück wurde.

Vielleicht war diese Kette eine Botschaft. Eine letzte Botschaft von Helena an ihn.

Ende